Fantastische Reise

Eine Kegelei

Henning Hallwachs

FSC
www.fsc.org
MIX
Papier aus ver-
antwortungsvollen
Quellen
Paper from
responsible sources
FSC® C105338

Bibliografische Information der Deutschen Nationalbibliothek:
Die Deutsche Nationalbibliothek verzeichnet diese Publikation
in der Deutschen Nationalbibliografie; detaillierte bibliografische
Daten sind im Internet unter http://dnb.dnb.de abrufbar.

Herstellung und Verlag
BoD – Books on Demand, Norderstedt

ISBN: 9783738601862

Für

Mela - Melinchen

Inhalt

Die Kegel

Rot = der Reisebegleiter, der Goldtopf am Ende des Regenbogens

Orange = der Hochstapler mit der „Schönen von Mascharia"

Gelb = „Das schrumpfende Herz"

Grün = „Phillips Wanderschaft"

Hellblau = „Maulwurfsoldat"

Indigo = „Schlappelino"

Violett = „Florie – Florence"

Weiß = der stumme König

Schwarz = das schwarze Schaf, das gelegentlich stört, Unsinn macht

Das Schloss des Zauberers

Vor langer Zeit saß ein Zauberer in seinem baufälligen Waldschloss und langweilte sich. Er langweilte sich ohne Ende, denn die Menschen brauchten ihn nicht mehr. Sie glaubten nicht mehr an Zauberei, sie sprachen verächtlich von „faulem Zauber", machten sich über den Zauberer lustig, verspotteten ihn. Um den Zauberer war es still geworden. Keiner kam mehr, um ihn zu bitten, dies oder das zu zaubern; einen guten Menschen mit einem Sack voll Gold, wenn es das war, was er sich wünschte, zu belohnen, einen bösen zu bestrafen, ihn – wenn es sein musste – in ein Wildschwein oder Känguru zu verwandeln.

Die endlose Langeweile stimmte den Zauberer traurig, lag gewichtig auf seinen Schultern als habe er einen Sack voll nassen Mehls zu schleppen, sie malte ihm Furchen in die Stirn, Ringe unter die Augen, trübte seinen Blick, zerrte an seinen Mundwinkeln, dass sie herunterhingen wie die Enden eines Schals. Morgens mochte er nicht mehr aufstehen. Wenn überhaupt, tauschte er erst mittags, nachmittags, abends den fadenscheinigen Morgenmantel gegen den mit verblassten Sternen verzierten Zaubermantel aus ehemals azurblauer Seide.

„Das Leben macht keinen Spaß mehr", murmelte er vor sich hin und half dem Fuchs, der seit Urzeiten bei ihm wohnte, auf seinen Schoß. „Das wärmt! Tut den Knochen wohl, ich danke Dir, lieber Freund!" Seine unzähligen Zaubersprüche gegen seinen Rheumatismus, das Ziehen und Stechen in Beinen und Armen und Fingern, hatten nichts geholfen. Anderen hätte er Schmerzen lindern, Wunden heilen, die Pest oder AIDS[1] anzaubern können. Nur sich, sich konnte er nicht helfen – Zaubererschicksal.

Er litt und wurde von Tag zu Tag verzagter, sein früher einmal schwarzer Bart war ergraut, wurde weiß. Fast so fein wie Spinnennetzfäden wurden die Haare. Er hungerte, ohne es zu merken, wurde dünn und dünner, klein und

---

[1] Wer mehr wissen will: https://www.gib-aids-keine-chance.de/

kleiner. Der Zaubermantel umflatterte ihn wie eine Zeltplane, begrub ihn fast. Und eines Tages war er nicht mehr da, hatte er sich in Luft aufgelöst, war vielleicht sogar gestorben — wenn Zauberer sterben können. Sein Fuchs hielt einsam Wache bis ihn der Hunger in die Wälder zur Jagd trieb und ward — wie es in alten Märchen heißt — nie mehr gesehen.

Der Wandergeselle

Das Schloss zerfiel und die Ruine im wilden Wald geriet in Vergessenheit. Nur ab und zu suchten Wanderer oder Landstreicher oder Räuber[2], wüste Burschen, in ihrem Gemäuer Schutz vor Gewittern und Unwettern oder nächtigten dort. Einer von ihnen, ein Geselle auf Wanderschaft, erinnerte sich vage an Geschichten, Gerüchte von einem Zauberer, der hier in der Gegend in einem Schloss gewohnt haben soll. Weil er nichts anderes zu tun hatte,

---

[2] Die Zeiten, in denen man die wilden Kerle noch in freier Wildbahn antraf, sind längst vorbei. Heutigen Tags sitzen sie verkleidet als Herren mit Schlips und Kragen vorzugsweise in Banken.

schaute er sich in der Ruine etwas um, kraxelte auf Mauern und Turmreste und fand, fast schon vom Waldboden verschluckt, hinter einem Gebüsch eine morsche Türe, die sich nach einigen vergeblichen Versuchen mit Kraft spaltbreit öffnen ließ.

Ein Moder-, Gruft-, Kellermief, eine üble nasskalte Luft strömte ihm aus dem Verlies entgegen. Trotzdem quetschte er sich durch den Türspalt. Dunkelheit empfing ihn so stockduster, dass er sich fluchtartig zurück nach draußen quälte. Eine Fackel wäre gut, dachte er, und da lag sie, direkt vor seinen Füßen, ein knorriger, harziger Knüppel von Unterarmlänge, trocken wie Zunder, obwohl ringsum das Laub am Boden ziemlich feucht war. Unheimlich, dachte er, ob das wohl mit rechten Dingen zugeht? Kaum hatte er Feuer an den Knüppel gehalten, entzündete er sich. Eine helle, ruhige Flamme leuchtete ihm den Weg. Hinter der Türe führte eine Steintreppe – nass und glitschig – in die Tiefe.

Schon bald hatte sich der Geselle an die dicke Luft gewöhnt, fast ebenso schnell hatte er sein mulmig ängstliches, beklemmendes Gefühl vergessen. Zwar noch längst nicht frohgemut aber beherzt stieg er hinab. Was sollte ihm schon geschehen? Wer glaubt denn noch an Geister, Kobolde, Hexen? Er nicht, nicht unbedingt aber – konnte er es wirklich wissen?

Nach wenigen Stufen stand er in einem schmalen, wie es bei dem begrenzten Schein seiner Fackel schien, langem Kellerraum oder Flur. Am Ende dieses Gelasses fand er aufrecht stehend einen roten Kegel und daneben eine Kegelkugel. Warum nicht, dachte er, hob die Kugel auf und wunderte sich kurz über deren Gewicht. Sie schien ihm schwerer, viel schwerer als übliche Kegelkugeln. Er ging zurück, erklärte den schmalen, länglichen Raum zur Kegelbahn, und warf die Kugel Richtung Kegel. Die Kugel pflügte sich geradezu durch den fingerdicken Staub auf der Bahn, rollte langsam aber stetig auf ihr Ziel zu und der Geselle dachte: Hier ist es kalt und dunkel wie in einem

Grab. Ach, wäre ich doch in der warmen Sonne! In dem Augenblick erreichte die Kugel den roten Kegel: „Klick…", hörte er noch, dann war er weg, aus dem Kellerloch verschwunden. Das „-e di klack" erreichte ihn nicht mehr[3].

Stephanie und Stephan

Wiederum Jahrzehnte später lud Stephanie ihren Freund Stephan zu einem Picknick ein. Sie fuhren mit Stephanies Eltern in der nicht mehr ganz neuen, eigentlich schon ziemlich klapperigen Familienkutsche, einem Peugeotkombi der älteren Bauart, die kurze Strecke zum Wald hinaus, zum so genannten Zauberwald. Dem war mit den Jahren die Stadt mit ihren gefräßigen Vorstädten ziemlich nah auf den Pelz gerückt. Das war ihm nicht gut bekommen. Wege und Picknickplätze hatten sich in ihm breit gemacht. Im nördlichen Teil

---

[3] Sein Wunsch war in Erfüllung gegangen. Wie er wieder zu sich kam, lag er am Strand von Capri und ließ sich die Mittagssonne auf den Bauch scheinen.

hatten die Menschen ihm sogar ein Stück Autobahn zugemutet.

Aus einem Urwald war größtenteils ein langweiliger Nutzwald geworden. Nur in der Nähe des Picknickplatzes, den Stephanies Eltern ansteuerten, war ein Rest vom Wald unberührt geblieben, eine Urwaldoase. Darin soll es, wurde gemunkelt, spuken. Den Kindern drohte man mit bösen Hexen und Waldschraten, Kobolden und Trollen, die dort hausen sollten. Eigentlich wollte man sie nur davon abhalten, den Wald zu betreten, sie könnten sich in dem Dschungel zu leicht verlaufen. Stephanie und Stephan kümmerte das wenig. Einerseits waren sie für solche Gruselmärchen schon zu alt, andererseits fühlten sie sich zusammen stark, so richtig stark wie zwei von den drei Musketieren. Wer hätte ihnen schon was anhaben können?

Stephanie und Stephan waren ein Herz und eine Seele und das nicht nur ihrer Namen wegen. Als sie noch in einem Alter waren, in dem sie nicht nur mit dem Nintendo sondern auch noch „Heiraten" gespielt hatten, hatten sie es „Liebe" genannt. Solche Inszenierungen hatten sie vorher geplant, ihre jeweiligen Rollen abgesprochen und sich Fantasienamen gegeben: „Lieben Sie mich, Fräulein Henriette?" hatte Stephan als Herr von Hofmeister gefragt, und Stephanie hatte Henriette gemäß geantwortet, mit schüchtern abgewandten Gesicht und leicht zur Seite geneigtem Kopf gehaucht: „Ja, Herr von Hofmeister!" „Stephanie, mal im Ernst, liebst du mich?" „Ja, doch!", Fräulein Henriette leicht verärgert. „Du liebst mich wirklich, Stephanie?" „Ja, nun lass uns endlich heiraten!" Der aus seiner Rolle gefallene Stephan erschrak, fand nicht zurück zu Herrn von Hofmeister. Stephanie begriff, lachte schallend und erzählte die Geschichte brühwarm ihrer Mutter. Das hätte die Freundschaft der beiden beinahe kaputt gemacht, wie ein Eisregen im Frühjahr Kirschblüten erstarren lässt.

Inzwischen machten die beiden keinen Hehl mehr aus ihrer Freundschaft auch wenn weder sie noch er bereit gewesen wäre, von Liebe zu sprechen. Wenn jemand auf der Straße oder dem Schulhof meinte, über ihre Zweisamkeit lästern zu dürfen, bekam er umgehend von Stephan eins auf die Nase, was Stephanie heimlich stolz genoss. Und wenn der Lästerer stärker war, tröstete sie Stephan hingebungsvoll und dachte einmal mehr, dass Krankenschwester ein feiner Beruf für sie sein könnte.

Stephan träumte manchmal von Stephanie, manchmal nachts, manchmal mit offenen Augen wo er ging oder stand oder saß oder lag. In einem seiner Lieblingsträume war er Kapitän und rettete sie mal an der morschen Reling, mal nach dramatischer Rettungsbootfahrt aus dem schäumenden Kielwasser, mal von einem Floß mitten im Atlantik, mal von einer tropischen Insel. Dann war er ihr Held, der allerdings nie etwas von Dankbarkeit hören wollte, der bescheiden und selbstlos von Selbstverständlichkeit sprach. Da endeten dann gewöhnlich diese Träume – mitunter liebäugelte er allerdings mit einem Kuss – einem freundschaftlichen, versteht sich.

Stephan und Stephanie als Tarzan und Jane hatten es ihm ebenfalls angetan. Diese Geschichten im Urwald mit Verfolgungsjagden durch die Baumkronen, an Lianen durch die Lüfte schwebend, Jane beschützend und Freund aller guten, Feind aller Bösen Tiere sein, das fand er aufregend und spannend bis Tarzan und Jane jeweils wohlbehalten oder mit ein paar Schrammen in ihr Baumhaus zurückkamen. Das war es dann – von dem Kuss einmal abgesehen – dem freundschaftlichen.

Während die Eltern das Picknick vorbereiteten, lotste Stephan seine Jane in die Dschungeloase. Kaum hatten sie die Lichtung verlassen, waren sie wie abgeschnitten von der Welt. Dämmriges Licht, ein dicker, ein wenig modrig riechender Laubteppich, der jeden Tritt schluckte, ein Gewirr von Stämmen, Zweigen und Blättern. Mühselig kämpften sie sich durch das Gestrüpp und plötzlich war Stephan nicht mehr zu sehen als habe ihn der Boden verschluckt. Und das hatte er tatsächlich.

Stephanie hörte ihn dumpf aus einem Loch: „Hilf mir!" „Wo bist du?" „Hier, hier unten!" „Hast du dich verletzt?" „Nein, ich glaube nicht. Ich bin nicht tief gefallen!" Stephanie legte sich auf den Bauch und robbte vorsichtig zum Loch. Sie konnte Stephan in der Düsternis kaum sehen. „Hier sind Stufen!" „Kannst du was erkennen?" „Ist zu dunkel!" Stephanie schaltete die Taschenlampe ihres Handys an und reichte es ihm hinunter. „Es sind nur ein paar Stufen, ich sehe mal nach! Bah, ist das rutschig!" „Pass bloß auf!" Stephan war unten angelangt und verschwand mit der Taschenlampe aus Stephanies Sicht. Als er wieder auftauchte, winkte er ihr zu, ihm zu folgen. „Hast du was entdeckt?" fragte sie vor Aufregung fast flüsternd. „Komm schon!"

Sie fanden – wen wundert's – am Ende des langen, schmalen Kellers den roten Kegel und die Kegelkugel. Stephan stieß spielerisch absichtslos mit dem Fuß leicht an die Kugel, setzte sie in Richtung des roten Kegels in Bewegung und – Klicke di Klack – fanden sich Stephan und Stephanie mit Kegel und Kugel in einem Trödelladen wieder. Antiquariat zu sagen, wäre bei dem Plunder, der da herumstand und -lag, wohl übertrieben gewesen.

Zum Wundern blieb ihnen keine Zeit. Ein orangener Kegel, hinter einer orientalisch anmutenden Wasserpfeife halb verborgen, raunzte sie an: „Das wurde langsam Zeit! Wo seid ihr denn so lange gewesen? Es ist ja unerhört, wie ihr mich habt warten lassen!" „Pardon, Herr Kollege, früher ging's beim besten Willen nicht. Du kennst ja die Geschichte, da kommen wir nicht so schnell wieder raus!", versuchte der Rote den Orangenen zu vertrösten. „Dummes Geschwätz!" „Bitte, pff, keine groben Wörter", mischte sich die Wasserpfeife ein, „nicht in meiner Gegenwart!" Der Orangene, gequält: „Die nun wieder, die Schöne aus Mascharia…"

Die Schöne aus Mascharia

„Mir wird schlecht!", stöhnte ein blechernes Feuerzeug. „Mit Ihnen, pff, mit Ihnen rede ich doch gar nicht!" „Arrogante Ziege!" „Was erlauben Sie sich? Pff! Pff! Pff! Sie Vagabund, Sie! Sie Rumtreiber! Es wäre angenehm, wenn Sie sich jeglichen Kommentars enthielten." „Süße, das heißt: Halt die Klappe!" Die Wasserpfeife schüttelte schockiert ihre Schläuche: „Sie Nichtsnutz!" „Hört, hört! Immerhin kann ich Feuer geben! Immerhin sind Sie von mir oder unsereinem abhängig. Ohne Feuer raucht es sich nicht gut!" „Ach was, pffffff, von einem billigen Ding, was nicht einmal zehn Schilling gekostet hat, kann man eben kein gutes Benehmen erwarten! Nein, pff, ich muss schon sagen: Ihnen fehlt es an allem, Sie sind unerzogen, haben keine Kultur, sehen aus wie eine Blechbüchse, stinken nach Benzin und sind nichts wert, pffffff. Ich hingegen…", wandte sie sich vom Feuerzeug ab und Stephan zu. Vielleicht dachte sie, er sei ein Prinz? „Ich bin da aus ganz anderem Material, ich stelle was dar, bin von Noblesse und Grazie, königlichen Geblüts könnte man sagen, wenn Blut in meinen Adern, meinem Bauch flösse. Mich hat der Obertöpfermeister des Kalifen von Mascharia aus edelster, altchinesischer Porzellanmasse geformt, moduliert und gebrannt, pff. Die zarten, perlmuttweißen Hände der Lieblingstochter des Kalifen, der knospenden Rose des Morgenlandes, haben mich mit den teuersten Naturfarben bemalt. Der General der Pfeifenputzer hat sich höchst selbst um meine Schläuche gekümmert. Mit dem Wasser des rauschenden Goldbaches im Haremsgarten des Kalifen wurde ich getauft[4] und gefüllt, pff, pffffff. Nur der Obereunuch durfte mich anfassen und gelegentlich, pff, mit einem Tuch von reinster Seide abstauben."

Die Klingel an der Ladentüre schepperte. Ein Mann, vermutlich ein Kunde, kam herein. Von irgendwo erschien eine Frau, vermutlich die Besitzerin des Trödels. Sie ging direkt an Ste-

---

[4] Werden Moslems getauft? Irrt hier die Schöne?

phanie vorbei, ohne Notiz von ihr zu nehmen. „Sie sieht uns nicht, wir sind nicht sichtbar für sie", erklärte der Rote: „ Sie hört uns auch nicht. Du", wandte er sich an die Schöne von Mascharia, „kannst ruhig fortfahren mit deiner fantastischen Geschichte!"

„Pff, pff, ich werde nicht gern unterbrochen. Das schickt sich nicht. Aber gut, sei's drum: Der Oberschatzmeister im Rang eines Wesirs schätzte mich auf zweitausend Golddrachmen, pff, pff, und eine Golddrachme ist tausendmal wertvoller als ein Schilling! Natürlich wurde ich nicht verkauft, pfffffff. Es ist nicht üblich, dass Wasserpfeifen aus des Kalifen Werkstatt verkauft werden, pff! Unsereins ist unverkäuflich! Wir leben bei Hofe und genießen Immunität!

Um es kurz zu machen, pff, mein Unglück begann, als der Kalif mich zum schönsten, in Farbe und Form unübertrefflich gelungenen Kunstwerk, einem einzigartigen Exemplar meiner Gattung kürte, pfffffff. Er beschloss, mich als Botschafterin des guten Geschmacks einem befreundeten Staatsoberhaupt zu schenken, ein Geschenk, jedes Kaisers wert!

Er ließ seinen Generalfeldmarschall kommen und ließ ihn schwören: ‚Schwöre bei Allah und seinen Propheten, dass Du dies Kleinod sicher ins Abendland begleiten wirst. Du haftest mir mit deinem und deiner Kinder Leben für diese, meine kostbarste Wasserpfeife aus meiner fürstlichen Werkstatt.' Und der Generalfeldmarschall warf sich zu Füßen des Kalifen, küsste den Fußboden und gelobte hoch und heilig: ‚Ich schwöre, großmütigster Kalif, ruhmreicher Herrscher, Beschützer der Armen und Herr über Mascharia, dessen Ruhm nicht seines gleichen hat, ich schwöre so zu tun, wie Ihr es befohlen habt!' Pffffffffffff.

Auf einem weißen Schiff mit fünf Masten, dem kein anderes Schiff nahe kommen durfte, brachte mich der Generalfeldmarschall des Kalifen von Mascharia über den Ozean bis ins Abendland. Mit einer goldenen Kutsche, eskortiert von dreizehn Reitern in glänzenden, blitzenden Uniformen, pfffff, ging es dann bis hierher, nach Wien.

Der Gesandte bei Hofe überreichte mich in einem Staatsakt dem Kaiser, pffffff, und der – ein Unglück ohne Maßen, eine Katastrohe – war Nichtraucher! Weil er nichts mit mir anzufangen wusste und meine Schönheit nicht würdigen konnte – Wasserpfeifen waren zu der Zeit im Abendland noch weitgehend unbekannt – pffffff, verschenkte mich der Kaiser, wahrlich – ich kann es nicht anders sagen – ein Ignorant, an den Präsidenten seines Kabinetts. Mir versagt die Stimme, wenn ich daran denke!"

Was die Schöne von Mascharia allerdings nicht daran hinderte fortzufahren: „So ein Präsident, weder König noch Kaiser und schon längst kein Kalif, pff, pff, wusste mich auch nicht zu schätzen, obwohl er Raucher war, pff, pff, Raucher von stinkenden, unförmig dicken Zigarren. Und weil so ein Präsident sehr arm ist, nicht annähernd so reich wie ein Kalif, hat er mich einfach verkauft. Und so bin ich auf den Hund gekommen, wie man so sagt, pffffff, pffffff."

•••

Der Orangene zog seine Kegelkopfstirne in Falten: „Du solltest mal unter die Madame schauen!", forderte er Stephan auf. Das ließ der sich nicht zweimal sagen, zumal ihm die arrogante Überheblichkeit der Dame langsam über die Hutschnur gegangen war. Und was stand unter ihrem Bauch eingraviert im Porzellan? „Kaum zu glauben, ‚made in England', Massenware ist die Angeberin!" Stephan und Stephanie wollten sich kaputt lachen, obwohl Stephanie die Schöne auch ein bisschen bedauerte.

„Was hast du mit der Schönen von Mascharia zu tun?" frage Stephan als er endlich mit dem Lachen aufhören konnte. „Ich leide", so der Orangene, an der gleichen Krankheit wie die Schöne, vielleicht könnte man sie ‚wuchernde Fantasie' nennen. Deshalb habe ich keine eigene, keine wahre Geschichte." „Jetzt schwätzt du dumm", wies ihn der Rote zurecht: „Du warst und bist ein Hochstapler, ein Lügenbaron!"

Stephan hielt sich noch immer den Bauch. Er tat weh. Vom Lachen konnte das nicht mehr kommen, es musste Hunger sein. Wie sie den Laden verlassen wollten, um ein Restaurant zu suchen, kam ihnen die Besitzerin entgegen und seltsam, jetzt sah sie die Kinder, die Kegel und die Kugel. „Hier habe ich eine Reisetasche für euch, wenn Ihr Stephan und Stephanie seid. Gestern wurde sie mir gebracht, für euch." Verblüfft und sprachlos nahmen sie die Tasche in Empfang, stopften die beiden Kegel und die Kugel hinein, vergaßen sich zu bedanken und zu verabschieden. Die Trödelladenbesitzerin nahm es ihnen nicht übel und ließ sie ihrer Wege ziehen.

McDonald's

Auf ging's zum nächsten McDonald's. Den fanden sie im Einkaufszentrum „Wien Mitte" an der Invalidenstraße. Als sie gerade hineingehen wollten, hielt Stephan Stephanie zurück: „Wir haben ja kein Geld!", stellte er bestürzt fest. Da hörten sie ein leises, kleines „Klicke di Klack" und Stephan hatte drei Zwanzig-Euro-Scheine in der Hand. Als Stephan sie in seiner Hosentasche verstaute, meinte er ein Hauch von „Klicke di Klack", ein Echo zu hören. Sie bestellten sich einen Hamburger für Stephanie, sechs Chicken McNuggets für Stephan, je einen Chefsalat und zwei Milchshakes, einen mit Erdbeer- und einen mit Schokogeschmack.

Dann ging es ans Bezahlen. Stephan fischte nach den Euros in seiner Hosentasche und angelte … Was war das denn? „Was soll ich damit?", fragte die aufgetakelte Kassiererin, die Stephanie „Miss Daisy von Donald" getauft hatte. Stephan sah auf die Scheine: chinesische Schriftzeichen und die arabisch Zahl 100. Er war fassungslos. Vorhin waren es doch noch Euros gewesen. „Was ist hier los?", mischte sich ein Securitymännlein ein. „Der da kann nicht bezahlen", schrillte Miss Daisy. „Mitkommen!", befahl das Männchen.

Im Büro beteuerte Stephan, dass er Euros gehabt habe, sechzig um genau zu sein. Er könne sich nicht erklären wie daraus … was eigentlich geworden sind? „Das kannst du der Polizei erzählen!", wetterte erbost das Männlein, zückte sein Handy und beklagte lautstark, wie bodenlos frech McDonald's betrogen worden sei.

Fünf Minuten später saßen Stephanie und Stephan mit ihrer Reisetasche in der „Grünen Minna", die wie alle österreichischen Polizeifahrzeuge blau - weiß mit einem roten Streifen war. Sie verstanden die Welt nicht mehr aber hörten wieder das leise, kleine „Klicke di Klack" aus der Tasche und Stephan präsentierte den Polizisten schier nagelneue Zwanzigeuroscheine. „Die muss ich vorhin übersehen haben", grinste er im Breitwandformat.

Die Polizisten brachten sie zurück zu McDonald's. Sie zeigten, ein bisschen triumphierend, die Euros Miss Daisy und dem wichtigtuerisch herbeigeeilten Männlein, bestellten das Gleiche wie beim ersten Mal und bezahlten doppelt. Das stimmte das Männlein und Miss Daisy von Donald gnädig. Stephanie und Stephan ließen es sich schmecken!

Bestens gesättigt gingen sie in den nahe gelegenen Josef-Pfeiffer-Park, setzten sich auf eine Bank und holen den roten Kegel aus der Reisetasche. „Entschuldigung!", murmelte der: „Das war knapp! Wenn ich den Schwarzen erwische, kann der was erleben!" „Welchen Schwarzen?", wollte Stephanie wissen. „Lass das mal meine Sorge sein!" „Und was geschieht jetzt?" lenkte sie ab. „Nun ja, das liegt an euch. Es sind schließlich neun Kegel, die ihr finden müsst, das heißt, bitte, bitte sucht sie – natürlich nur, wenn ihr wollt. Ihr habt erst zwei!" „Wie sollen wir sie finden?", wollten die beiden wissen. „Ihr solltet die Kugel befragen."

Sie holten die Kugel hervor und fragten, wo denn der nächste Kegel zu finden sei. Da änderte die Kugel ihre Oberfläche und verwandelte sich in einen kleinen Globus. Deutlich waren die Kontinente und Meere zu erkennen. Ein winziger Punkt markierte Wien. Von da aus bewegte sich eine feine rote Linie mit mäßiger Süddrift in Richtung Osten und endete an einem winzigen Punkt in China. „Wie sollen wir da bloß hinkommen?" „So wie ihr nach Wien gekommen seid. Ihr müsst euch hinwünschen." Und etwas kleinlauter meinte der Rote: „Ich gebe es zu. Bei der Reise nach Wien habe ich etwas gemogelt. Ich habe uns hergewünscht, sonst wäre nichts weiter geschehen. So etwas wie eine Notlösung und die ist, wie eine Notlüge, bekanntlich erlaubt, allerdings nur, wenn die Not groß ist!"

„Dann wünschen wir uns jetzt nach China", verkündete Stephan mutig. Nichts geschah. Der Rote, ihr Zeremonienmeister, ihr Reiseführer, klärte auf: „Ihr müsst einen von uns beiden mit der Kugel touchieren und euch dabei nach China oder sonst wohin wünschen. Nur im ‚Klicke di Klack' ist euch oder dem, der mit uns kegelt, Zauberkraft verliehen." Stephan nahm den Roten und stellte ihn in Positur. „Nein, bitte nicht", flüsterte der Rote: „Mir tut das weh, wenn die Kugel mich trifft. Nimm bitte den Orangenen, dem Großmaul schadet es nicht und wenn, hat er nichts Besseres verdient!" Stephan schnappte sich trotz seines Protestes den Orangenen. Der Rote schenkte ihm dankbar ein Goldstück, ein Nugget, mindestens so groß wie ein Chickennugget.

In dem Augenblick, in dem die Kugel den Orangenen traf, wünschten sich Stephanie und Stephan nach China. Und obwohl klar und deutlich das „Klicke di Klack" erklang, geschah wieder nichts. „Ihr müsst etwas genauer sein. China ist riesengroß." Dieses Mal machten sie es richtig und dachten beim „Klicke di Klack": Ach, wären wir doch in Peking. Das „Klick…" war noch nicht verklungen, da standen sie schon mit ihrem Gepäck in der verbotenen Stadt, dem ehemaligen Kaiserpalast. Sie sahen sich um, nirgends war ein Kegel zu sehen. Sie suchten die Plätze und Räume ab, aber einen Kegel fanden sie nicht.

„Wie seid ihr auf Peking gekommen?", fragte der Rote. „Mir war so, als flüstere mir jemand ‚Peking', genauer gesagt ‚Beijing' ins Ohr." „Mir ging es ganz genau so", pflichtete Stephan Stephanie bei. „Hab ich es doch geahnt, schon wieder der Schwarze, der kann's nicht lassen!" „Was murmelst du?" „Kümmert euch nicht drum, befragt noch mal die Kugel!" Die Kugel tat ihnen den Gefallen, markierte mit dem winzigen Punkt ihren Standort und schickte die feine rote Linie Richtung Südwesten in die Berge von Tibet. Ihr Ziel, da waren sie ohne Einflüsterung sicher, konnte nur Lhasa sein.

Da wünschten sie sich hin und ließen die Kugel gegen den Orangenen rollen. „Klicke di Klack" – augenblicklich standen sie in der berühmten Stadt etwa 3600 Meter hoch über dem Meeresspiegel in dünner Luft, die sie kurzatmig machte. Das riesige Gebäude vor ihnen, da war sich Stephan sicher, musste der Potala, die ehemalige Residenz des Dalai Lama[5], mit dem Roten und dem Weißen Palast sein. Er wusste es, weil ihm sein Großvater zu Weihnachten das spannende Buch „Sieben Jahre in Tibet" von Heinrich Harrer[6] geschenkt und er sich im Internet schlau gemacht hatte. 999 Räume sollte der Potala haben, Zeremonien- und Meditationshallen und viele, viele Kapellen.

Wie sie da so standen und staunten, kam ein in safrangelbe und rostrote Gewänder gekleideter Mönch auf sie zu, verneigte sich lächelnd mit vor der Brust zusammengelegten Händen vor ihnen und bot sich ihnen als Führer an. Über eine steile, breite Treppe führte er sie zum Eingang des Palastes. In einer von einer riesigen Gold-Buddha-Statue fast gänzlich ausgefüllten Gebetshalle fanden sie neben einem Altar einen quittengelben Kegel und dachten, der könnte auch eine „Die" sein, eine „Kegelin". So zart und zerbrechlich wirkte der

---

[5] Der letzte Dalai Lama musste vor den Chinesen nach Indien fliehen, weil sich die Volksrepublik China Tibet einverleibt hatte.
[6] Heinrich Harrer: „Sieben Jahre in Tibet." Mein Leben am Hofe des Dalai Lama. Ullstein, Wien 1952.

Kegel auf sie. Auf Bitten von Stephanie erzählte der Gelbe folgende Geschichte:

Das schrumpfende Herz

„Damals, so steht es in den Chroniken, lebte ein junger Prinz in einem fernen Land. Jeden Tag sah er zur Sonne auf, nachts beobachtete er die Sterne und den Mond. Er liebte die Berge, die Flüsse, die Täler und Seen, die Wälder, Blumen, Wiesen und Tiere. Er las die schönsten Bücher, ließ sich von den weisen Frauen die wundersamsten Geschichten erzählen und sammelte alle Bilder und kunstfertigen Schätze, die er nur bekommen konnte. Doch je mehr er las und hörte und sah, je öfter er zu den Gestirnen emporblickte, desto trauriger wurde er. Eine unbekannte Sehnsucht füllte sein Herz und ließ ihn immer häufiger seufzen und klagen, ohne dass er hätte sagen können, was ihm bei all seinen Kostbarkeiten, die er besaß, fehlte. Eines Tages nun hörte er von einer Prinzessin, einer namenlosen, geheimnisvollen Prinzessin. Und als er lange genug darüber nachgedacht hatte, hoffte er, dass sie ihm helfen konnte. Er wünschte es von ganzem Herzen. Da schickte er seine Boten aus, um zu erfahren, wo er sie finden könnte.

Die Boten ritten in alle Himmelsrichtungen davon und hörten überall die Sage von der Schönheit, der Vollkommenheit, der Liebe. Aber die Sage gab keine Kunde, wo man diese Prinzessin fand. Nur ein Bote, der nach Süden geritten und über ein wildes Gebirge in ein sonniges Land gekommen war, fand den Palast, von dem man sagte, sie habe einst darin gelebt.

Wieder heimgekehrt, berichtete der Bote dem Prinzen: ‚Vor Zeiten regierte das Land im Süden ein alter Kaiser. Damals war er schon neunhundert und dreiundneunzig Jahre alt. Über die Jahrhunderte war er blind und taub geworden. Seinen kraftlosen, zittrigen Händen hatten die Minister und Hofräte schon längst alle Macht abgenommen. Nur noch selten erhob er seine hauchdünne, gebrochene Stimme. Kaum jemand hörte auf die Worte aus seinem zahnlo-sen, faltigen Mund.

Eines aber war ihm geblieben, seine Prinzes-sin. Ob sie die Tochter, die Enkelin, die Urenke-lin des alten Kaisers war, konnte keiner mehr sagen. Vielleicht aber waren sie gar nicht mitei-nander verwandt? Vielleicht hatte der alte Kai-ser der Namenlosen eine Heimstatt geboten, weil er ein weiser Mann war? Sie wäre sonst nirgendwo sicher gewesen, denn alle anderen hätten sie vereinnahmen wollen. Der Kaiser hat-te sie all die Jahre selbstlos behütet, und die Weisen wussten, dass er nur ihretwegen neun-hundert und mehr Jahre alt geworden war.

Jeder in der Welt glaubte damals an sie. Jeder meinte, ihr Namen geben zu können, nannte sie die Schönheit, die Vollkommenheit, die Rein-heit, die Liebe, das Glück und so weiter und so fort. Aber keines dieser Wörter und auch nicht alle zusammen, nicht einmal die der Hofdichter konnten sie beschreiben.

Keiner durfte sie sehen, eine Schutzbestim-mung, damit niemand den Verstand verlöre.

Ihre Diener waren blind oder mussten sich die Augen verbinden lassen, wenn sie sich ihr nähern wollten. Sie war die ungesehene, unberührte, reine Prinzessin. Und die Namen, die das Volk ihr gab, waren ihr von ganzem Herzen fremd.

Eines Tages nun geleitete der Leibdiener, dem man, wie üblich, die Augen verbunden hatte, den alten Kaiser wieder in ihre Gemächer im Inneresten des Palastes. Die Besuche waren selten geworden. Der alte Kaiser war oft zu schwach.

Der alte Kaiser verneigte sich tief vor ihr, hob dann die blutleeren Finger auf zu ihr und betastete ihr Gesicht. Die Finger glitten zittrig über ihre Wangen. Sie stockten, sie tasteten sich weiter, erstarrten, fuhren aufgeschreckt hin und her. Nein, es gab keinen Zweifel. Matt und ohnmächtig sank der alte Kaiser in sich zusammen. Ihre Wangen waren feucht. Sie weinte. Jede Träne nahm den Abschied voraus, denn die Namenlose wusste, dass der alte Kaiser bald sterben durfte.

Die Prinzessin hat geweint, murmelte das Volk auf den Straßen fassungslos vor sich hin. Die Schönheit weint salzige Tränen. Das ganze Land versank in schwarze, dumpfe Trauer.

Und die Verzweiflung des alten Kaisers rührte die Minister, und sie ließen die Doktoren und Wundermänner, die Zauberer und die weisen Frauen kommen. Alle erkannten sie, dass die Prinzessin an schrumpfendem Herzen litt. Die einen rieten zu Bädern, die anderen zu einer Reise, die nächsten brachten Wurzeln und Kräuter und Rinden, Pilze und Beeren, und wieder andere beschworen die Geister und Feen und Elfen. Sie aber weinte, und ihr Herz schrumpfte Tag auf Tag.

Da kam ein wunderlicher Arzt, der war so dick und rund, wie es ein Mann allein eigentlich gar nicht sein konnte. Einen Schmerbauch hatte er nicht aber ein gewaltiger Buckel saß ihm im Nacken. Er tappte schwerfällig die Treppen zum Palast hinauf und kam schließlich bis vor den Hofrat.

Er könne ihr helfen, das sei gewiss. Er sei der berühmteste Arzt der Welt und sei von weit her gekommen, um sie zu heilen. Er müsse sie aber sehen und keiner, nicht einmal der alte Kaiser und schon gar nicht irgendein Diener, dürfe anwesend sein, wenn er sie heile. Da beratschlagten die Minister drei volle Tage lang und schließlich stimmten sie zu.

Der wunderliche Arzt verschwand in den Gemächern der Prinzessin und kam erst nach langer Zeit wieder hervor. Überreich belohnt mit den wertvollsten Kleinodien bat er sich aus, dass man die Prinzessin nicht stören dürfe, solange der Mond noch nicht ganz rund geworden sei. Mit allen Ehren wurde der seltsame Arzt durch den Palast hinaus zur äußeren Treppe geleitet. Unbeholfen tappte er die Stufen hinunter und ward nie mehr gesehen.

Als der Mond nach mehr als zehn Tagen endlich wieder rund und voll am Himmel stand, trug der Leibdiener den entkräfteten, von Schmerz gepeinigten alten Kaiser zu ihr. Wieder verneigte er sich tief und hob seine Hände unter qualvollen Mühen empor, um ihr Gesicht zu befragen. Die Finger des alten Kaisers fanden ein übliches Mädchengesicht, ganz ohne Geheimnis. Das war nicht ihr Antlitz, das war nicht seine Prinzessin. Der Kummer des alten Kaisers wurde so schwer, dass der Tod seine Mühe hatte, die Seele des Verstorbenen mit sich zu nehmen.'

Die Geschichte des Boten berührte den Prinzen und weckte eine vage Hoffnung in ihm. Er glaubte, sie finden zu müssen, die Namenlose. Vielleicht war sie es, die seine Sehnsüchte stillen konnte? Sogleich brach er auf, um in dem fernen, sonnigen Land jenseits des Gebirges mit der Suche nach ihr zu beginnen. Er ritt viele Tage und Nächte bis er an das Gebirge kam. In einer alten, halb verfallenen Herberge machte er Rast. Der Wirt war froh, in dieser einsamen Gegend einen Gast zu haben und setzte sich zu dem Prinzen an den Tisch.

,Über das Gebirge wollt Ihr?', fragte er. ,Da müsst Ihr aber auf der Hut sein, in dem Gebirge haust ein gräulicher Drache, der jeden verschlingt, wenn er seinen Weg kreuzt.' ,Ach, so ein Unsinn!', fuhr eine alte Magd dem Wirt in die Rede. ,Der Drache haust schon seit Urgedenken in unseren Bergen. Selten hat ein Mensch ihn gesehen, denn die Menschen fliehen in hellem Entsetzen, wenn sie den Drachen von fern nur hören. Der Drache aber ist ein friedliches Tier. Nie hat auch nur eine seiner acht Pranken ein Tier oder gar einen Menschen verletzt. Nie verdüstern seine Flügel, so groß wie die größten Reisfelder des reichen Bauern Yu, die Sonne, so dass sich die Menschen hätten ängstigen müssen. Nie hat sein Schwanz, der eine stattliche Länge von etwa sieben hintereinander aufgereihten Gebirgstannen misst, absichtlich etwas zertrümmert. Dass der Schwanz dennoch hin und wieder einen kleinen Berg wegfegt, liegt an der Ungeschicklichkeit des Drachen. Seine Feuerzunge ist schon seit Jahrtausenden erloschen, denn er hat nie gewusst, was er mit ihr hätte tun sollen.'

,Was mischst du dich ein?', wies der Wirt grob und ärgerlich die Alte zurecht. ,Hast du etwa mit dem Drachen zu tun gehabt? Wenn hier einer etwas über den Drachen sagen kann, so bin ich es. Schließlich bin ich ihm mit knapper Not entgangen.‘ ‚Erzählt‘, bat der Prinz, ‚solche Geschichten kann ich nie genug hören.‘

Und der Wirt berichtete: ‚Es ist eine lange Geschichte. Sie beginnt in den Tagen der Trauer über die Tränen der Prinzessin.‘ Der Prinz, vom langen Ritt erschöpft, war sofort hellwach. ‚Ich war damals in den Diensten eines herzlosen Kaufmanns. Alle Menschen in dem Land des alten Kaisers waren traurig und betrübt, jeder sprach leise und nur das Nötigste, nur mein Herr war geschäftig und laut. Deshalb fiel es uns auf, wie er plötzlich, ohne jemanden etwas gesagt zu haben, verschwand.

Als er einige Tage später wieder auftauchte, habe ich ihn zunächst gar nicht erkannt. Ein ungeheuer dicker Mann schlich sich in unseren Hof. Ich folgte ihm, denn er schien mir verdächtig. Er schloss sich in einem der Lagerräume ein, aber durch ein Astloch konnte ich ihn beobachten. Und das, was ich dann mit ansehen musste, erscheint mir heute noch unglaublich.

Er warf den Mantel ab, der ihm bis zu den Füßen reichte. Auf dem Rücken hatte er ein fast mannsgroßes Bündel. Er schnürte es sich vom Buckel, legte es behutsam auf eine Bank und begann hoch und heiser, halb erstickt zu lachen. Die Steine hätten eine Gänsehaut bekommen, hätten sie es nur hören können. Nachdem er seine Perücke und den falschen grauen Bart abgenommen hatte, erkannte ich meinen Herrn.'

,Und in dem Bündel war die Prinzessin', flüsterte der Prinz wie im Traum, ,er hat sie geraubt! Er hat sie eingetauscht!' Nur langsam begriff der Prinz, was er selbst sagte. Den Wirt aber packte die Angst. Es war ihm unheimlich, was der Prinz da murmelte und er versuchte, sich zurückzuziehen.

,Du bleibst hier und erzählst weiter!' ,Es ist gefährlich. Ich habe die Prinzessin nie gesehen. Ich weiß nicht, ob sie in dem Bündel war.' ,Das brauchst du auch nicht zu wissen', beruhigte ihn der Prinz, ,erzähle weiter!'

,Der Kaufmann ließ niemanden in den Raum mit dem Bündel, ich schwöre es. Einige Tage später starb dann der alte Kaiser. Nach der dreimonatigen Staatstrauer rüstete der Kaufmann zu einer großen Reise. Vor der Karawane, die schließlich sein Haus verließ, ritt der Kaufmann auf einem braven Ackergaul. Hinter ihm folgte ein unförmiger Kastenwagen, in dem unter Proviant und allerlei Gerät die kostbaren Schätze des habsüchtigen Kaufmanns verborgen waren. Dem Wagen folgten dreizehn tief vermummte Gestalten. Nur wenn hin und wieder der Wind die schweren Säume der grauen Umhänge hob, erblickte man staubige Mädchenfüße. Mit Mädchenhandel hat so mancher einen Batzen Gold verdient[7].

Es war der siebenundsiebzigste Tag seit unsere Karawane die Residenz verlassen hatte, als wir hoch in den Bergen über Geröll und Schutt uns mühsam in eine Schlucht schleppten. Der Kaufmann war guter Dinge, denn wir hatten die Hälfte des Weges geschafft, und er malte sich sicher bereits aus, wie viel er an den dreizehn Mädchen verdienen würde. Wir, seine Diener, hin-

---

[7] Mädchenhandel war in allen Zeiten lukrativ, insbesondere heutigen Tags.

gegen hatten alle Hände voll zu tun, weil wir den schweren Wagen mitunter sogar bergab mit schieben mussten. Die Büffel allein schafften es nicht, schon gar nicht bergauf.

Da erhob sich von Ferne ein Rauschen. Der brave Ackergaul des Kaufmanns scheute, stieg hoch wie ein Araber und warf seinen Reiter ab. Die Büffel, die den Wagen zogen, knickten in den Beinen ein und brüllten los, dass das Getöse in den Lüften dagegen eine zarte Melodie war. Wir warfen uns unter den Wagen, und die Mädchen drängten sich zu einem grauen Knäuel zusammen.

Nur die Dreizehnte riss sich die sacktüchernen Schleier vom Gesicht und begann mit hocherhobenem Kopf und einer Stimme, die die Töne von Glasharfen hätte krächzend und schrill erscheinen lassen, in die entfesselten Lüfte zu sprechen, zu singen. Sie beschwor die Geister der Lüfte, sie zu erretten.

Da kam ein Schatten über die Schlucht und bedeckte sie mit Finsternis. Es war der Drache. Das Untier war auf den Bergen, zwischen denen die Schlucht lag, gelandet. Den Büffeln blieb ihr Brüllen im Halse stecken. Nun war nur noch die Stimme des dreizehnten Mädchens zu hören, nach und nach fielen die anderen zwölf in ihre Beschwörungen ein.

Wie ich unter dem Wagen hervorsah, musste ich miterleben, wie das Untier seine lange Zunge herausstreckte, die dreizehn Mädchen damit umspannte und sie mit einem Male in sein schreckliches Maul hineinzog und verschlang.

Ich weiß nicht warum, aber der Drache verschonte den Kaufmann. Vielleicht hatte er ihn nicht gesehen. Vielleicht wollte er sich nur nicht den Magen verderben. Wir Diener zerstoben in alle Winde. Den Kaufmann hat nie wieder jemand gesehen. Keiner weiß zu sagen, ob er sich im Gebirge verirrte, ob er in eine Schlucht stürzte oder ob er über die Berge zog und mit seinen Schätzen in einem fernen Land reich und bequem lebte bis an sein Lebensende. Ich jedenfalls kam hierher und lebe hier mehr schlecht als recht.'

Als der Prinz am nächsten Morgen weiter in die Berge ritt, um den Drachen zu suchen, packte der Wirt seine Siebensachen zusammen, um mit der Belohnung des Prinzen anderswo ein besseres Leben zu führen.

Den Drachen fürchtete der Prinz nicht. Seine Gedanken waren vorausgeeilt und weilten nur noch bei der Prinzessin. So war er im ersten Augenblick ganz starr vor Schreck, als am dritten Tage, den er durch das Gebirge ritt, der Boden, auf dem sein Schimmel trabte, anfing, sich zu bewegen. Das grüne Moos unter den Hufen seines Pferdes bedeckte den Schwanz des Drachen, der in der Mittagssonne zwischen den höchsten Bergen lag und schlief. Das kitzelnde Getrappel auf seinem Schwanz hatte ihn in den friedlichsten Träumen gestört und schließlich aufgeweckt. Der Prinz aber fasste sich sogleich wieder ein Herz und galoppierte auf dem Rücken des Untiers zu dessen Kopf. Dort angekommen sprang der Prinz aus dem Sattel, nahm seine Lanze mit beiden Händen und stieß sie dem Tier mit aller Kraft zwischen die Augen.

Das war dem Drachen denn doch zu viel! Noch nie hatte es irgendein Lebewesen gewagt, ihn zu piken! Er schüttelte den Kopf, das Pferd flog in hohem Bogen in den todbringenden Abgrund. Der Prinz aber hatte sich gerade noch an einem der siebzehn Schnurrbarthaare des Tiers festhalten können, sonst wäre auch er auf den Felsen zerschmettert worden.

Den Drachen störte zwar die kleine Wunde am Kopf, da ihn aber nichts mehr kitzelte, legte er sich wieder hin, um weiterzuschlafen. Gerade hatte sich der Prinz entschlossen hinab zu springen, da fuhr sich das Ungeheuer mit der Zunge über den Schnurrbart und wischte sich so den jungen Prinzen ins Maul. Der Drache schluckte, und eh es sich der Prinz versah, befand er sich in dem Magen der Bestie. Tiefe Finsternis herrschte, ganz langsam nur begannen seine Augen, die Finsternis zu durchdringen. Da sah er wilde Strudel, schwarze Tümpel, sah Felsbrocken hoch aufragen und schwarze, dicke Vorhänge aus Schlingpflanzen vom unergründlichen Deckengewölbe herabhängen. Und alles bewegte sich, kein fester Grund, kein Steg, kein Halt. Er sprang über Gräben, über tosende Abgründe, floh, wenn der Boden unter ihm nachgab.

So kam er endlich zu einer Grotte, die ganz mit weißen Algen ausgeschlagen war. Im flimmernden Licht der leuchtenden Pflanzen sah er zwölf Mädchen in einem Winkel kauern. Während sie aufgeregt und voll neuer Hoffnung durcheinander schwatzten, sah er jede einzeln an, blickte tief in ihre Augen. Sie waren eine schöner als die andere, doch kein Blick konnte seine Sehnsüchte stillen.

Kaum aber hatten sie angefangen, von der Dreizehnten zu berichten, fuhr alle Kraft und Hoffnung wieder in sein Herz. Die zwölf Mädchen versuchten vergeblich, ihn davon abzuhalten, jene zu suchen.

Er durchsuchte die ganze riesige Höhle, tastete sich durch alle Winkel, Grotten und Schluchten, sie fand er nicht. Da tauchte er mit dem Mut der Verzweiflung in das schlammige Wasser am Grunde der Höhle und ließ sich von den Strudeln hinabreißen.

Als er halb ertrunken wieder zu sich kam, stand er vor einem Berg, der die Form eines Herzens hatte. Hier, im Herzen des Drachen musste sie sein. Und weil er sich dessen so gewiss war, zog er sein Schwert und hieb ein todbringendes Loch hinein. Als er schließlich das blutende Herz betrat, blendete ihn ein Licht, so strahlend und glänzend, dass die Sonne verblasst wäre, hätte sie es gesehen.

Das war die Namenlose. Und in seinem Glück sprudelte seine Zunge Namen hervor, nannte er sie die Schönheit, die Vollkommenheit, die Liebe. Und jeder Name breitete sich wie ein dunkler Schatten über ihr Antlitz. Der Prinz aber – trunken vor Glück – merkte es nicht. Und er nahm sie bei der Hand und führte sie den weiten Weg zurück. Die zwölf Mädchen folgten ihnen.

Als sie den toten Drachen verließen, ging über den Bergen strahlend die Sonne auf. Das Licht der Prinzessin aber erlosch. Vor seinen Augen sank sie zusammen. In seinen Ohren brach ihre Stimme. Die zwölf Mädchen aber sangen und lachten und wandten ihrem neuen Leben ihre ebenmäßigen, reinen Gesichter entgegen. Der Prinz sah sie traurig an, und die alte Sehnsucht zerdrückte ihm fast die Brust.

Mit erlöschender Stimme hauchte die Prinzessin: ‚Auf Erden musste ich an schrumpfendem Herzen sterben. Dein Herz war viel zu klein. Es hatte viele Namen, aber es begriff mich nicht.'"

●●●

Stephanie wischte sich die Tränen aus dem Gesicht und Stephan schluckte einige Male, bevor er fragen konnte: „Was hat die Geschichte mit Dir zu tun?" „Ich war die Prinzessin. Ein Zauberer hat mir in letzter Minute das Leben gerettet. Vielleicht … vielleicht werde ich eines Tages wieder die Namenlose, die die Menschen die Schönheit, die Liebe, die Vollkommenheit nennen."

Stephanie und Stephan brauchten etwas Zeit, um die Geschichte vom schrumpfenden Herz zu verdauen. Und so sahen sie sich im Potala etwas um. Da fiel Stephan das chinesische Geld ein, was ihnen in Wien Ärger gemacht hatte. Er zeigte es einem der vielen Reiseleiter, zufällig ein Deutscher: „Das sind Yuan der Volkswährung, chinesisch Renminbi genannt!", meinte der. Stephan verteilte seine sechs 100-Yuan Scheine großzügig auf Opferschalen in den Tempelräumen des Potala. Nach dieser guten Tat fühlte er sich so wohl, dass er Lust auf neue Abenteuer bekam.

Sie holten die Kugel aus der Reisetasche und fragten sie, wo denn der nächste Kegel zu finden sei. Die Kugel änderte wieder ihre Oberfläche und verwandelte sich in den kleinen Globus. Der winzige Punkt markierte jetzt Lhasa und die feine rote Linie bewegte sich zurück in Richtung Westen und endete in einem ebenso winzigen Punkt in England.

Sie legten den gelben Kegel in die Tasche und die dehnte sich und streckte sich, um genau so viel größer zu werden, dass sie einen weiteren Kegel beherbergen konnte. Die Zaubertasche passte sich an. „Praktisch", fand Stephanie. Sie verschonten den Gelben, der ja eigentlich eine Gelbe war und nahmen nochmals den Orangenen für das „Klicke di Klack" und wünschten sich an das Ende der Linie, nach Groß Britannien.

Im Britischen Museum

Sie waren in London angekommen, genauer gesagt im Britischen Museum und, um ganz genau zu sein, in der Australischen Sammlung. Mitten zwischen Didgeridoos[8] unterschiedlicher Größe hatte sich ein grüner Kegel versteckt, der mit etwas Geklapper gegen die Didgeridoos rechts und links und vor und hinter ihm auf sich aufmerksam machte, denn er wollte unbedingt entdeckt werden. Er ließ sich auch nicht lange bitten, seine Geschichte zu erzählen, denn kaum hatte Stephan ihn hervorgeholt, fing er auch schon an:

---

[8] Wikipedia: Das Didgeridoo, ein Blasinstrument der Aborigines, der australischen Ureinwohner, besteht aus einem 1 m bis 2,50 m messenden Abschnitt eines Eukalyptusstammes.

Philipps Wanderschaft

„Philipp besaß ein Paar Holzpantinen von seinem Vater und eine grüne Strickjacke von seiner Mutter. Von der Tante stammte die Hose, die über die Jahre fadenscheinig und grau geworden war. Das Hemd hatte ihm ein mitleidiger Wirt geschenkt. Der Wanderstab, den er sich selbst geschnitten hatte, hatte nur halb so viel gesehen wie das Hemd und hätte doch schon einen ganzen Winter lang erzählen können.

Die Nacht schlich Philipp bereits aus den Tälern entgegen, und kein Haus war zu sehen. Eine dumpfe, unschöne Melodie hatte sich in seinem Magen breit gemacht und längst das Lied seiner Lippen abgelöst. Ich werde wohl verhungern müssen, befürchtete er, als er sich unter einem Baum niederließ, um zu schlafen. Sein Magen aber hielt ihn wach. Da sah er gegen den matten Streifen, den die Sonne am Himmel vergessen hatte, eine wunderliche Gestalt kommen. Erst fürchtete er ein wildes Tier oder ein gefährliches Ungeheuer, so mächtig wankte es ihm entgegen.

Tier, Ungeheuer – was macht es? Werde ich gefressen, so muss ich wenigstens nicht verhungern! Dann nahm er seine ganze Kraft zusammen, um seinen Magen zu übertönen: „Hallo! Wer oder was seid ihr?" „Ein Bauer", kam gequält und schwach die Antwort. Und wirklich, im matten Licht der gerade erst aufgestandenen Sterne sah Philipp einen Mann, der nach Art der Bauern gekleidet war. Was hatte der aber alles auf dem Buckel! Fünf oder acht Säcke zählte Philipp, drei halbe Schweine, einen Leiterwagen mit Pferd und Esel, ein Fuder Heu und Stroh und Kürbisse und und und ...

„Bauer, was plagst du dich so?" „Was man hat, hat man!" „Da hast du recht, darf ich dir tragen helfen?" „Nimm deine Finger weg, all das gehört mir!" „Ich verhungere, gib mir etwas zu essen!" „Ich habe selbst zu wenig." Philipp stellte für sich fest, dass der Bauer nicht klar im Kopf sein müsse und versuchte es anders: „Wohin willst du, Bauer?" „Zur Stadt des Königs der Reichen, da ist morgen Markt." „Ach sag mir doch Bauer, kannst du nicht einen Knecht gebrauchen?" „Darüber ließe sich reden. Ich kann dir aber nichts bezahlen." „Und warum sollte ich dir dann dienen?" „Als mein Eigentum musst du dich um nichts mehr kümmern!" Es bleibt mir keine andere Wahl, dachte Philipp. „Gut, ich schlage ein!" Und da der Bauer die Hände voll hatte, gab er Philipp einen Tritt, so dass der in einem Bogen auf des Bauern Gepäck landete.

Auf der Suche nach seinen einzelnen Körperteilen, die Philipp noch alle beieinander fand, entdeckte er Käse und Wurst und Schinken und Brot, Rettiche, Maiskolben, Äpfel und Pfirsiche. Damit sie nicht hinunterfallen, esse ich sie lieber auf, dachte er bei sich und schlug sich den Bauch so voll, dass er meinte, platzen zu müssen. Dennoch schlummerte er, in luftiger Höhe sanft hin und her gewiegt, bald ein.

Erst der Lärm in der Stadt weckte ihn. Das war ein Treiben! Die Bauern dieses Landes litten offenbar alle an der gleichen Krankheit. Ein jeder hatte seinen Besitz auf seinem Buckel, und je höher der Turm der Habseligkeiten in den Himmel ragte, desto lauter pries das Bäuerlein darunter seine Ware an.

Philipps Aussicht war sehr beschränkt, sein Bauer war wohl nicht reich. Und weil er etwas von der Welt sehen wollte, kletterte er von Berg zu Berg bis er an einen riesigen Turm gelangte, der ganz und gar aus Töpfen und Pfannen, Kuchenblechen, Tellern und Tassen, Kannen und Tiegeln bestand. Dort oben machte er es sich bequem.

Der Turm schwankte hierhin und dorthin, neigte sich gefährlich über diesen oder jenen Besitzstand. Philipp, der eine üble Seekrankheit zu fürchten begann, wollte gerade das Weite suchen, als das Ungeheuer den Markt schon verlassen hatte.

Er machte es sich auf dem Rand einer Pfanne, in der man einen Ochsen hätte braten können, bequem, ließ die Beine hinunterbaumeln und sah sich die Stadt von oben an. Sie war weiter als die Augen reichten.

Breite Straßen, in denen sich über und über bepackte Fuhren in der Art, wie sie die Bauern trugen, drängten und stießen. Rechts und links standen hohe Würfel aus dicken Felssteinen ohne Fenster mit scheunentorgroßen Türen, die mit armdicken Eisenriegeln verschlossen waren.

Endlich schien Philipps Turm sein Ziel erreicht zu haben, denn plötzlich fand er sich in einem schier unermesslichen Gewölbe wieder. Gerade noch gelang es ihm, sich in einem Topf in Sicherheit zu bringen und den Deckel zu schließen, da meinte er, die Welt wolle untergehen. Mit unbeschreiblichem Getöse, Gepolter, Geklapper, Geschepper, Gerassel brach der Turm zusammen, kullerten die Einzelteile über den Boden des Saals und füllten ihn mit allen möglichen Scherben.

Als der Lärm langsam verebbte, und Philipps Ohren nicht länger dröhnten, vernahm er eine kreischende, heulende Stimme: „Oh, meine Tassen! Oh, meine Teller! Oh, ich Unglückliche! Alles entzwei, all mein Geschirr hinüber!" Das tat Philipp leid, und schnell kletterte er aus seinem Topf und suchte die Teile zusammen, die die Katastrophe heil überstanden hatten. Er schichtete einen ansehnlichen Berg vor der verzweifelten Frau auf. „Da, seht Frau, es ist noch genug heil geblieben!" „Was verstehst du schon? Und wäre nur ein Teller gebrochen, ich könnte es nicht verwinden!" „Nun, seid lieber froh, dass euch nichts geschehen ist!" „Ach, hätten mich nur die Pfannen und Töpfe erschlagen. Was bin ich denn jetzt? Jede bürgerliche Köchin hat mehr als ich! Ich, die Köchin des Königs aller Reichen, habe nicht mehr als eine Bauersfrau in ihrer Hütte! Ich sterbe vor Scham!" Und sie fing aufs Neue an, ihren Verlust zu beklagen. Philipp hörte ihr kopfschüttelnd zu.

Als sie schließlich in ihrem Wehgeschrei und Heulen einhalten musste, um Luft zu holen, fiel ihr Blick auf Philipp: „Wer bist denn du? Was machst du hier? Wache! Wache!" Da schlurften mit Säbel- und Schwertergerassel zwei Knechte herbei, die vor lauter Waffen kaum

die Beine bewegen konnten. „Fasst ihn!",
schrie die Frau. „Werft ihn in den Kerker! Er
hat mir ein Bein gestellt!" Philipp war viel zu
verdutzt, als dass er sich seiner flinken Füße
hätte erinnern können. Und so wurde er ge-
fasst, in Ketten geschnürt und in den Kerker
geworfen.

Zentnerschwer wie seine Ketten war sein
Herz, dunkel, schwarz wie das Verließ quälten
ihn die Gedanken. Erschöpft und ganz leer
schlief er ein. Da kam eine Kompanie grauer
Mäuse, vorneweg der Hauptmann mit grauem
Schnurrbart und ellenlangen Nagezähnen. Im
rosigen Schwanz hielt er eine brennende Fackel. Und hinter ihm in Reihen zu fünf Gliedern
marschierten seine Soldaten. „Kompanie,
halt!", piepte der Hauptmann, als er Philipp
sah. „Ausschwärmen!" Die Mäusesoldaten
huschten auseinander und bezogen rund um
den Schlafenden Posten. Der Hauptmann gab
seinem Adjutanten die Fackel, setzte sich auf
die Hinterbeine, bildete mit den vorderen einen Trichter vor seiner Schnauze und pfiff so

durchdringend laut, dass Philipp sofort erwachte.

„Wer bist du?", piepte der Mäuserich. „Philipp – und wer bist du? Komm her und zeige dich." „Ich bin der Hauptmann des Königs der Armen!" „Dann sind wir Freunde, komm, hilf mir!" Die roten Äugelein des Hauptmanns liefen violett an. „Freunde?", kreischte er mit sich überschlagender Stimme. „Mit den Reichen haben wir nichts gemein!" „Aber höre doch ..." „Still! Wenn du uns dein Haus öffnest und uns bewirtest, wollen wir dich befreien!" „Ich habe aber kein Haus!" „Das lügst du. Hier gibt es schon seit Mäusegedenken keinen Besitzlosen mehr. Der erste der Könige der Reichen ließ sie alle enthaupten!"

„Hauptmann, glaubt ihr, mein Besitz wäre mir mehr wert als mein Leben?" „Gequassel, Gequassel! Mich führst du nicht hinters Licht." Philipp musste lachen: „Ihr könnt meine Jacke haben, meine Schuhe bekommen, mein Hemd gebe ich drauf, mehr habe ich nicht!" „Zwickt ihn!", kreischte der Hauptmann in ohnmächtiger Wut.

Das war eine Tortur. Und die Qual nahm kein Ende. Bis aufs Blut piesackten die Mäuse Philipp und all seine Beteuerungen, er besitze nichts, halfen ihm wenig. Er wäre ohnmächtig geworden, wenn nicht der König der Armen erschienen wäre und der Quälerei ein Ende gemacht hätte.

Der König der Mäuse trug einen Umhang aus Sackleinen und eine Krone aus rostigem Draht. Sein Gefolge hatte weiße Schnurrbärte, sonst unterschieden sie sich in nichts von anderen Mäusen. Der Hauptmann erstattete Meldung und erntete einen finsteren Blick.

Nachdem Philipp ganz zu sich gekommen war, machte der König eine zierliche Verbeugung und stellte sich vor: „Caesar Alexander der Erste, König der Armen! Verzeih, Fremder, der du einer der unsrigen bist. Mein Hauptmann ist dumm – aber tapfer! Er kann sich nicht vorstellen, dass es Menschen gibt, die so arm sind wie wir. Unsere Speicher sind leer wie unsere Mägen, seit die Habgier und die Besitzenden regieren. Du bist nicht von hier, man sieht es dir an, und du kannst nicht wissen, wie hartherzig die Einwohner dieses Landes sind.

„Ich danke Euch, König, dass Ihr mir glaubt. Sagt mir doch bitte, wenn Ihr es wisst, was wird mit mir geschehen?" „Ich habe von deinem Unglück gehört. Keiner der Reichen wird dir glauben und sie werden dich, weil du nichts besitzt, enthaupten." „Könnt Ihr mir nicht helfen?"

Da beratschlagten die Ältesten der Mäuse mit ihrem König. Dann wandte der König sich an sein Volk, das inzwischen herbeigeeilt war: „Wir können ihm nicht helfen! Unsere Pfade sind zu klein für ihn. Er wird morgen hingerichtet werden. Seine Leiche werden sie verbrennen, denn sie gönnen uns nichts. Darum haben wir beschlossen, ihn gleich zu fressen!"

„Fressen, fressen! Fressen!" erhob sich ein Gemurmel, ein Gepfeife und Geschrei. Philipp nahm Abschied von den Bildern in sich, sagte seinen Bergen, seinen Wäldern, den Flüssen und Seen, dem Meer und dem Wind, den Jahreszeiten, der Nacht und dem Tag adieu.

„Du hast gehört, wie hungrig und verzweifelt mein Volk ist", wandte sich der König wieder an Philipp als die Soldaten die blutrünstige Menge zurückgedrängt und beruhigt hatten. „Lasse es dir zur Warnung gereichen, vergiss es nie, merk es dir gut! Und jetzt höre mich an. Morgen in aller Frühe werden sie dich holen."

Und der König trat dicht an sein Ohr und flüsterte ihm den Plan seiner Rettung zu. Dann biss er ihm in den Daumen der rechten Hand, damit sich Philipp immer an die Mäuse erinnere. Als sich das Volk der Armen zurückzog, kamen noch uralte Mäuseweiber und bestrichen Philipps Wunden mit einem Kräutersud, so dass seine Haut wieder glatt wurde, und er bis zum Morgen in tiefen Schlummer fiel.

Unsanft wurde er geweckt und konnte sich gar nicht entsinnen, was mit ihm geschehen war. Da tat ihm der Daumen weh und sogleich fing er an, auf die Soldaten des Königs der Reichen einzureden, wie es ihm der Mäusekönig geraten hatte: „Toren seid ihr! Ihr schleppt einen Goldklumpen zum Schafott. Mir soll es recht sein. Mein Gold ist sicher, und nie wird es einer finden, denn ich nehme sein Geheimnis mit ins Grab."

Da stutzten die Knechte, machten im Hof kehrt und brachten Philipp zur Palastwache. Der erzählte er gleich von ganzen Goldbergen bis die Wächter große Augen bekamen und ihn in den Saal führten, in dem sich die Herren des Hofes versammelten, um vor den König gelassen zu werden.

Da es noch früh am Morgen war, befand sich nur der Schatzmeister des Königs dort. Der war immer in dem Saal, wie ihm der Mäusekönig gesagt hatte. Nur mittags rollte man ihn zu seinem Herren. Tatsächlich, der vierschrötige Schatzmeister stand auf Rädern, anders war es ihm wohl auch kaum möglich, sich zu bewegen – bewegt zu werden. Philipp hatte nicht genügend Zahlen im Kopf, um all die Goldbarren auf seinen Schultern zu zählen.

Der nächste, der kam, um den König zu sprechen, war unschwer als General zu erkennen, denn er plagte sich mit einem wandteppichgroßen Gestell voller Orden ab. Es kam noch der Herr Innenminister mit todtraurigem Gesicht, denn das Land selbst hatte er sich nicht aufbürden können, und so hatte er mit einer Karte vorlieb nehmen müssen. Der Herr Außenminister jonglierte mit Palmenzweigen und Schwertern in der Luft herum, dass er im Zirkus hätte auftreten können.

Philipp kam gar nicht dazu, an die Zeit zu denken. Und plötzlich musste er vor den König. Auch der Audienzsaal war kahl und groß. Mit dem, was sich andere Könige an die Wände hängen ließen – Bilder, Gobelins, Fayence - schleppten sich Diener ab. Und der König selbst war begraben unter dem, was anderen Orts in Schatzkammern gehortete wurde. Unter dem Berg von Goldkronen und -ketten, von Diamanten, Smaragden, Saphiren lugte gerade noch die Nase des Königs hervor, und die konnte man wegen des Gefunkels und Geglitzers kaum sehen. Neben dem Berg stand auf krummen Beinen der Richter des Königs. Auf seinem Buckel türmte sich ein Stapel dicker Bücher, der bis zur Decke des Saals reichte.

„Was bringst du mir?", hörte Philipp den König kurzatmig schnaufen. „Mich!" „Ist das alles?" „Besitzlosigkeit, Paragraph zwei bis siebenhundert und dreiundachtzig, ist ... wie die Delikte ... der folgenden fünftausend ... Paragraphen unter die ... Kapitalverbrechen zu rechnen ... und wird mit ... dem Tode geahndet", schnarrte der Richter und japste bei jedem dritten Wort nach Luft.

„Du bist ein Narr!" „Ihr sagt es, fast hätte ich gedacht, ihr hättet mich vergessen!" „Richter, haben wir einen Narren?" „Als eure Majestät ... das Museum für ... Vorgeschichte einrichten ließen, wurde ... dort selbst ein ... aus Übersee geholtes ... Exemplar der prähistorischen ... Besitzlosen ausgestellt, um ... als Narr dem ... Volk zur Abschreckung ... zu dienen!" „Sage mir, Narr, wenn du einer bist, was ist töricht?" „Töricht ist es, kein Geld und Gut zu haben."

„Was ist törichter?" „Wenig Geld und Gut zu besitzen!" „Wahr gesprochen, denn wer etwas hat, kann mehr daraus machen. Jedoch, so spricht kein Narr! Aber sage mir noch, was die größte Torheit ist!"

„Wenn man so viel Gold hat, dass man einen krummen Buckel kriegt!" „So dumm kann nur ein Narr sprechen!" Und seine Majestät geruhten dreimal: "Ha, ha, ha", zu hauchen, was ihn dermaßen anstrengte, dass man ihm ein Glas Wasser bringen musste. Und da der König sich nicht erinnern konnte, je derart gelacht zu haben, ließ er Philipp an seinem Hof.

Am gleichen Abend wurde ein großes Fest gefeiert. Die Prinzessin war achtzehn Jahre alt geworden und sollte sich unter den Gästen einen Gemahl erwählen.

Philipp wurde es bald langweilig, über die Lasten, die Berge von Schmuck, die Menge der übereinander gezogenen Kleider zu staunen. Bis die Prinzessin kam. Sie trug ein langes, weißes Kleid, im goldenen Haar ein silbernes Krönchen und hatte ein Antlitz, dass Philipp vor lauter Staunen der Mund offen stehen blieb. Etwas so Schönes hätte er sich, trotz all seiner Fantasie, nicht einmal ausdenken können.

Lakaien brachten drei große Spiegel und stellten sie um das Königskind. Philipp war so in ihren Anblick vertieft, dass er die Katze, ein großes schwarzes Tier mit leuchtend grünen Augen, auf der Schulter der Prinzessin erst gar nicht bemerkte. Sie putzte sich und drehte sich, sie schleckte sich und leckte sich. Selbstgefällig und überheblich hockte sie da und bespiegelte sich von allen Seiten. Ein so eitles Tier habe ich noch nie gesehen, dachte sich Philipp.

Da trat der erste Freier vor. Fünfzig oder mehr Diener folgten ihm, um all seine Habe, all seinen Besitz ins rechte Licht zu rücken. Und dann brauchte er noch eine Stunde, um all die Dinge, die Schlösser und Burgen, die Ländereien und Forste aufzuzählen, die er schlechterdings nicht hatte anschleppen können. Die Prinzessin hörte gar nicht zu, sie war zu sehr damit beschäftigt, sich im Spiegel anzuschauen. Der zweite machte es ebenso und stand dem ersten in nichts nach, aber die Prinzessin sah ihn nicht einmal an.

„Was soll ich meine Güter aufzählen?", begann der Dritte, „sie sind um ein Vielfaches größer als die meiner Mitwerber. Ich darf der holden Prinzessin ein Lob singen!" Und er sang tatsächlich, so dass sich Philipp die Ohren zuhalten musste. Als er endlich aufhörte, die Schönheit der Prinzessin zu preisen, erhielt er die Antwort: „Spar dir dein Lied, meine Spiegel können es besser!" So ging es einem Werber nach dem anderen.

Da sprang der Narr die Stufen zur Prinzessin hinauf, setzte sich ihr auf den Schoß und küsste sie. Mit der freien Hand aber packte er die Katze am Schwanz und schleuderte sie in die Spiegel, dass sie klirrend zerbrachen.

Bis die Prinzessin zu sich kam und begriff, wie ihr geschah, bis der versammelte Hof sich aus seiner Starrheit löste und ihr mühsam zur Hilfe mehr schleichen als eilen konnte, da hatte Philipp bereits das Herz der Prinzessin gewonnen.

Sie waren ein schönes Paar, so schön, dass ihr Anblick sogar die Herzen der Reichen rührte, als sie drei Tage darauf heirateten. Drei Wochen lang wurde gefeiert, getanzt und ab und zu sogar gelacht.

Und Philipp ließ es sich wohlergehen und genoss die schweren Weine aus goldenen Pokalen und die Leckereien aus aller Herren Länder. Philipp trug einen Purpurmantel und seidene Schuhe. Philipp schmückte seine Finger mit Ringen. Philipp hatte die grüne Strickjacke vergessen, die Pantinen, die Hose und das Hemd, hatte den Wanderstab zur Seite gelegt und erinnerte sich nicht mehr an die Mäuse.

Es war in der Nacht nach den Hochzeitsfeiern, da wachte er auf, weil sein Daumen ihm wehtat. In der nächsten Nacht blutete der Daumen, und am dritten Tag war Philipp ganz krank. Er ließ sich auf einer Sänfte in den Kerker tragen und befahl, Schinken und Käse und Wurst herbeizuschaffen. Am nächsten Tag war der Kerker leer und wieder füllte er ihn mit den Schätzen der königlichen Speisekammer. So ging es viele Tage lang und Philipps Daumen wurde wieder gesund.

Bei Hof fing man an, über die Verschwendungssucht des Prinzen zu murren. Auch Philipp wurde die Pflicht lästig und so vergaß er sie hin und wieder, wurde aber sofort von seinem Daumen daran erinnert. Bald aber ärgerte er sich so stark, dass er ganz traurig wurde und seine Prinzessin mit ihm. „Schon um meine Prinzessin wieder lachen zu sehen, muss ich es tun", redete sich Philipp ein, als er jeden Laib Käse, jedes Brot, jede Wurst und jeden Schinken vergiftete. Am nächsten Morgen, als er den Kerker aufsuchte, betrat er ein Leichenhaus.

Die Schönheit der Prinzessin und das wohlige Leben bei Hofe tilgten schnell alle Gewissensbisse. Auch der Daumen entzündete sich nicht wieder. Philipp wähnte sich schon in völliger Sicherheit und glaubte, nie in seinem Leben so glücklich gewesen zu sein, da erschien ihm in einer finsteren Nacht der König der Armen.

„Wie schläft der Mörder meines Volkes? Sind die Kissen hübsch weich? Ist das Leinen auch zart? Auf den Steinen des Kerkers war es hart, war es feucht, war es kalt! Erinnerst du dich noch? Hörst du, Prinz der Reichen? Fressen, fressen! Fressen?"

Schweißgebadet fuhr Philipp auf. Lange konnte er sich nicht beruhigen, um dann umso tiefer in Schlaf zu fallen. „Verzeih, Fremder, der du einer der unsrigen sein wolltest. Ich bin noch hier. Ich habe dich nicht vergessen. Und merke es dir wohl, ich werde die Mäuse rächen!"

Drei Tage danach hatte Philipp den Traum vergessen. Er ging am Arm seiner schönen Frau auf den Dächern des Palastes in der Sonne spazieren. Sie traten an den Rand. Tief unter ihnen lag die Stadt, die ihr Reichtum war. Plötzlich schrie die Prinzessin auf, stieß Philipps Arm weit von sich, verlor den Halt und stürzte in die todbringende Tiefe. Auf Philipps

Hand, die auf die Stadt hinauswies, saß eine kleine, graue Maus.

Viel Volk strömte in die Stadt, als man den hergelaufenen, nichtsnutzigen Mörder der Prinzessin auf den Marktplatz hinrichtete.

•••

„Philipp...", sprach Stephanie den grünen Kegel an. „Wie kommt Ihr dazu, mich Philipp zu nennen?" unterbrach sie der Grüne erbost. „Nun, ich dachte..." „Das solltet Ihr besser den Schafen überlassen!" Immer noch wütend, dann nach einer kleinen Pause freundlicher: „ Darf ich mich vorstellen? Ich bin der König der Armen, der Mäusekönig Caesar Alexander der Erste!" „Und wie kommt Ihr hierher?" „Ach wisst Ihr, das ist eine kleine Geschichte für sich." „Erzähle, erzähle!", bettelte Stephanie.

Vom Untergang eines Reiches

„Das Königreich der Reichen ist längst untergegangen. Im Nordwesten Australiens, im Outback[9], wird man keine Spur mehr von ihm finden. Als den gewissenlosen Philipp endlich die verdiente Strafe ereilt hatte, ging es mit dem König und seinem Volk bergab. Geiz und Habsucht regierten, wurden mächtiger und mächtiger. Ein jeder stöhnte unter den Lasten seines Besitzes. Keiner wurde mehr seines Lebens froh. Manche fühlten sich verfolgt, hatte Ängste ohne Ende um ihre Wert- und Unwertsachen, um alles und jedes, was sie zusammengerafft hatten. Andere sahen die Welt nur noch in düsteren Farben, verloren jeden Mut, bewegten sich kaum noch, vegetierten stumpf vor sich hin.

Die Untertanen seiner Majestät des Königs der Reichen starben wie die Fliegen, wurde unter ihren vernachlässigten, eingestürzten Schuppen oder Häusern lebendig begraben,

---

[9] Wikipedia: Als Outback werden australische Regionen bezeichnet, die fernab der Zivilisation liegen.

brachten sich selbst oder gegenseitig um. Für die Reste meines Volkes, die Phillips Massaker überlebt hatten, dem klein gewordenen Volk der Armen, war dies eine gute Zeit. Wir hatten im Übermaß zu essen und zu trinken, keiner unserer Erzfeinde kümmerte sich um uns. Die Reichen waren mit sich selbst beschäftigt und achteten nur noch selten auf das, was um sie herum vorging.

Bei einer unserer Fressorgien habe ich mich derart vollgefressen, dass ich meinte, sterben zu müssen. Da kam ein Zauberer des Wegs, fragte, ob er mich von meiner Pein erlösen sollte. ‚Was ist der Preis?‘, fragte ich mühsam und mit Schmerzen, denn egal wie es uns Armen geht, nach dem Preis fragen wir immer, das haben wir so im Blut. ‚Ich werde dich in einen grünen Kegel verwandeln und dich mit nach Europa nehmen. Da wirst du mir eine Zeitlang als Kegel dienen und dann zaubere ich dich als Mäusekönig zurück hierher!‘ ‚Wie lang wird die Zeit dann sein?‘ ‚Ein paar Monate, vielleicht ein Jahr – länger bestimmt nicht!‘

Es muss dann irgendetwas schief gegangen sein. Es wurden Jahre und Jahrzehnte. Schließlich schickte mich der Zauberer nicht wie versprochen als Mäusekönig, sondern immer noch als Kegel mit einem Missionar zurück nach Australien. So landete ich in Sydney und habe meine Heimat nie wieder gesehen. Eine Maus, die behauptete, vom Land der Reichen gehört zu haben, meinte, ich hätte nichts versäumt. Im Gegenteil, das Land sei wieder menschenleer, öde und wüst. ‚Du findest dort nicht mehr die kleinste Krume Brot, von einem Stückchen Käse ganz zu schweigen! Also, was willst du dort?'

Als Kegel in Sydney gefiel es mir nicht, zumal ich dort weniger als sonst wo hoffen konnte, wieder zurück in eine Maus, wenn schon nicht zurück in einen Mäusekönig verwandelt zu werden. Ich freundete mich mit einem großen, dicken Didgeridoo an, versteckte mich in seinem Hohlraum und kam so per Schiff zurück nach Europa in dieses Museum. Ich hoffe, ihr könnt zaubern oder kennt jemanden, der es kann, denn ich möchte zu gern wieder Maus sein."

„Zauberkräfte müssen im Spiel sein", sinnierte Stepan: „Anders wären unsere Reisen so schwupp die wupp mal so eben hin und her um die halbe Welt nicht denkbar. Auch dass ihr Kegel mit uns sprechen könnt, dass wir die Schöne aus Mascharia verstanden haben und die Trödelladenbesitzerin uns mal sehen konnte und mal nicht, all dies und einiges mehr spricht für Zauberei." „Und ich vermute mal", spekulierte Stephanie, „dass alles auf ein Ziel hinausläuft. Dass wir vielleicht erst alle neun Kegel, die zu einem Spiel gehören, gefunden haben müssen, damit irgendetwas geschieht. Ich weiß nur noch nicht, was das sein könnte. Auf jeden Fall nehmen wir Dich wie die anderen mit."

Und wieder dehnte sich und streckte sich die Reisetasche, um auch den Grünen aufnehmen zu können. Bevor sie ihn verstauten, befragten sie die Kugel nach ihrem nächsten Ziel.

Aus der Kugel wurde, wie schon bekannt, der Globus und auf dem zeichnete sich wieder die rote Linie ab, die sich jetzt von England über den Ärmelkanal Richtung Süden nach Bayern bewegte. Ach, ich wollte, ich wäre am Ende der roten Linie, dachte Stephanie, während Stephan den Grünen mit der Kugel traf und „Klicke di Klack" befanden sie sich im Casino einer Kaserne. Da Mittagszeit war, war das Casino proppenvoll aber niemand nahm Notiz von ihnen. Sie waren wie schon in Wien bei ihrer ersten Begegnung mit der Trödelladenbesitzerin unsichtbar, jetzt für die Soldaten.

In einer Vitrine entdeckten sie zwischen Pokalen und Medaillen einen hellblauen Kegel. Der hatte am Kopf eine Schramme und auf dem Bauch ein blechernes Schildchen mit einer Gravur: „Dem Sieger der Kegelmeisterschaften der Gebirgsjägerkompanien, Hochstaufen-Kaserne Bad Reichenhall". Zum Glück war die Vitrine nicht abgeschlossen. Als Stephan aber den Hellblauen herausholen wollte, fiel einem Soldaten auf, dass die Türe der Vit-

rine offen stand. Er machte sie nach Soldaten-
art energisch zu. Stephan konnte gerade noch
seinen Arm mit dem, seit er ihn berührt hatte,
wohl auch nicht mehr sichtbaren Kegel in Sicherheit bringen. Da es ihnen im Casino zu
voll, zu laut, zu essensmiefig war, gingen sie
hinaus und setzten sich auf eine Mauer, direkt
neben einen Club rauchender Soldaten. Sie
genossen es, nicht gesehen, nicht gehört zu
werden.

Der Hellblaue machte irgendwie einen
schüchternen Eindruck. Vielleicht lag's an der
Farbe, ein ziemlich fahles Hellblau. Stephanie
und Stephan schien es so, als wolle er am
liebsten nicht beachtet werden. Das half ihm
aber nichts, Stephanie fragte ihn trotzdem
nach seiner Geschichte.

Etwas zaghaft und ziemlich leise fing er stot-
ternd an: „Ich er-erzähle euch mei-meine Ge-
ge-geschichte, die Ge-geschichte vom

Maulwurfsoldaten.

Ei-Eigentlich, eigentlich bin ich ein Mau-Mau-Maulwurf, und eigentlich bin ich das nicht, denn ich bin ein S-S-Soldat g-g-gewesen bevor ich zum Mau-Maulwurf und dann zu einem Ke-Kegel wurde. Ei-Ei-Eigentlich bin ich nie S-Soldat gewesen und will es jedenfalls … nie wieder werden!

Ich war nicht ge-ge-gerade auf Rosen ge-ge-gebettet in meinem L-l-leben. Ge-geboren wurde ich auf einem k-kargen Einödhof in den b-bayrischen Alpen als zweiter Sohn von armen B-Bauersleuten. Nach entbehrungsreichen Jahren mit viel Schuft- und Schinderei e-erbte, wie es Brauch war, mein älterer Bruder den Hof. Mir blieb nichts anderes übrig, als zu den S-S-Soldaten zu gehen. Mein B-Bruder handelte mit den Werbern des Fürsten ein gutes Handgeld aus und behielt es für die Eltern, wie er be-behauptete.

Als frischgebackener Soldat war ich ja g-gut versorgt, besser als je. Ich bekam reichlich, wenn auch nicht g-gut zu essen. So viel war ich in meinem bisherigen Leben mit seinen Hungerzeiten nicht g-gewöhnt gewesen. Nur zum Erntedank oder zu Weihnachten hatte es manchmal, aber nicht immer, genug gegeben. Auch an Kleidung und Schuhzeug fehlte es mir nicht. Ich musste mir keine Sorgen machen. So fein in bunter Uniform und Lederstiefeln bin ich mir g-geradezu fremd vorgekommen." Er schien sich langsam zu fangen, sprach lauter, flüssiger, stotterte nur noch ab und zu.

„Trotzdem, wohl fühlte ich mich in der Ka- Kaserne bei den Soldaten nicht. So muss sich, dachte ich, ein Schaf in einer Herde fühlen. Mir waren zu viele Menschen um mich herum. Das war ich vom einsamen Hofleben nicht g-gewöhnt. Es war mir zu laut, zu b-betriebsam. Ich war nicht g-lücklich.

Dass man mir dies oder das befehlen konnte, störte mich weniger. Mein Bruder und der Vater hatten mich wie einen Knecht behandelt, hatten mir Aufträge von früh bis spät erteilt.

Gehorchen war mir von Kindesbeinen an G-Gewohnheit g-geworden.

Ich hielt mich abseits von den Kameraden. Ging selten mit ihnen ins Wirtshaus, war lieber für mich allein. Und so lernte ich Paulibus kennen. Der mischte sich auch nicht gern unters Volk. Der träumte oder spielte lieber auf einer Flöte traurige Lieder. Wir sprachen nicht viel miteinander, fühlten uns einer in des anderen Gegenwart wohl. Paulibus war ein schöner Mann, groß, schlank mit goldgelbem Lockenkopf. Ich wirkte neben ihm wie ein Bauerntölpel, der ich ja war.

Nachdem wir gelernt hatten, zu marschieren und zu schießen und das Bajonett zu g-gebrauchen, ging es in die erste Schlacht. Davon mag ich nichts erzählen. Das Geschieße, das sich gegenseitige Abschlachten ... Paulibus und mir war's zuwider. Viele Kameraden fielen, wurden verwundet oder gefangen genommen. Wir beide nicht. Auch nicht in den nächsten Gefechten. Wir hatten Glück, blieben unversehrt. Aber ich bekam Angst und die wurde von Tag zu Tag größer, hatte mich im Nacken gepackt und schüttelte mich, dass ich vor jeder Schlacht anfing wie Espenlaub zu zittern.

‚Weißt Du,‘ meinte Paulibus nach einem wieder einmal unverwundet überlebten Kampf, ‚ich habe einen Schutzengel, der behütet mich!‘ ‚G-glaubst du?‘ Ich war s-skeptisch. ‚Ja, ich spüre ihn ganz deutlich. Manchmal meine ich, dass er Kugeln, die mich treffen könnten, abwehrt. Im vorletzten Getümmel stürmte einer mit vorgestrecktem Bajonett auf mich zu. Ich dachte, mein letztes Stündlein habe geschlagen. Da fiel er direkt vor mir tot um, von hinten getroffen. Da war aber niemand.‘ ‚V-Vielleicht hat er sich einen Splitter von einer Kanonenkugel eingefangen.‘ ‚Sage ich doch! Ich habe einen Schutzengel!‘

Leider versagte der einige Tage später. Paulibus wurde von einem Querschläger erwischt. Er stürzte, an der Schulter getroffen, zu Boden und blieb b-bewegungslos liegen. Mich p-packte b-blanke P-Panik. Die Knie wurden mir weich und so ließ auch ich mich fallen. Da lagen wir im Matsch, Paulibus ohnmächtig und ich halb tot vor Angst. Was mir am Todsein fehlte, täuschte ich vor. Die Feldscher[10], die nach der Schlacht nach Verwundeten suchten, ließen sich von mir täuschen. Wir blieben unbeachtet liegen.

Rechtzeitig bevor die Leichenfledderer kamen, robbte ich auf der Suche nach einem Versteck mühselig durch den Matsch, den immer noch ohnmächtigen Paulibus hinter mir her schleifend. Wir fanden in einer Scheune, einem windschiefen Schuppen, Unterkunft. Ich säuberte seine Wunde, verband sie mit einem Stoffstreifen meines Hemdes. Paulibus kam zu sich, hatte Schmerzen, hatte Durst.

Nachts schlich ich mich davon. Mir graute zwar vor dem leichenübersäten Schlachtfeld aber es half alles nichts, wir brauchten etwas zu trinken und möglichst auch etwas zu essen.

---

[10] Wikipedia: Der Feldscher (Mehrzahl *Feldschere*), auch Feldscherer, war die unterste Stufe des frühmodernen Militärarztes. Als sogenannter Handwerksarzt war er Spezialist für äußere Verletzungen.

Eine Wundsalbe und saubere V-Verbände wären auch nicht zu verachten gewesen. All das fand ich auf einem in einem G-Gebüsch versteckten Karren. Wie bestellt, als ob den jemand für mich bepackt hat, dachte ich und schalt mich gleich einen Toren – so ein Unsinn! Den mussten die Fledderer übersehen haben. Zeit zum Wundern hatte ich nicht, ich musste zurück zu Paulibus. Der Karren ließ sich leicht ziehen, als sei er frisch geölt worden.

Paulibus erholte sich, trotz meiner Pflege und den unerschöpflichen Vorräten des Karrens, nur langsam. Und eines Tages klopfte es zaghaft an unser Tor. Mir fiel vor Schreck das Herz in die Hose. Wenn das Soldaten waren, waren wir … ich auf jeden Fall wegen Fahnenflucht geliefert. Es war eine Magd und die tat Paulibus nicht nur als Pflegerin sondern in einer Weise gut, wie ich es nie vermocht hätte. Sie verliebten sich ineinander und ich konnte schon bald das ewige Geturtel nicht mehr ertragen. Vielleicht war ich nur eifersüchtig. Ich verproviantierte mich vom Karren, sagte den beiden Lebewohl und zog eines Abends im Schutze der Dunkelheit von dannen.

Das war ein Fehler. Schon am dritten Tag nachdem ich den sicheren Schuppen verlassen hatte, haben mich die Soldaten gefangen. Bei Wasser und Brot wartete ich in einer düsteren Arrestzelle einer Kaserne auf meine Richter. Und die hielten kurzen Prozess: ‚Fahnenflucht, Feigheit vor dem Feind: Tod durch Erschießen!'

Am nächsten Morgen, ich war vor Angst gelähmt, schleppte man mich mit baumelnden Füßen auf den Kasernenhof. Mir wurde schlecht als ich, wie durch einen Schleier, ganz hinten in einer Ecke einen Pfahl und daneben ein frisch ausgehobenes Grab sah.

Ich wurde an den Pfahl gebunden, hörte noch: ‚Legt an!' und verschwand in dem lockeren Haufen neben meinem Grab. Ich grub mich tief in die Erde bis ich nicht mehr konnte. Nur weg, so schnell wie möglich! In einer wohlig warm ausgepolsterten Höhle ruhte ich mich von der Todesangst und der Anstrengung aus.

Ich musste wohl eingeschlafen sei. Wie ich erwachte, sah ich mich um, genauer gesagt, fühlte ich mich um. Zu sehen war nichts in der Dunkelheit. Es gab drei Gänge, die in die Höhle führten. Vielleicht führt ja auch einer hinaus? Hoffnungsfroh machte ich mich auf den Weg.

An einem kleinen See erblickte ich das Licht der Sonne, das mich nach der Dunkelheit arg blendete. Blinzelnd beschaute ich mein Spiegelbild im See. Oh, oh, oh Schreck! Wie sah ich denn aus? Ein spitzer Maulwurfkopf blinzelt mir zu. Ich sah an mir hinunter, sah mir rechts und links über die Schulter, kein Zweifel: Ich war ein Maulwurf.

Das war mir, wenn ich es so bedachte, vorerst recht. Ich wurde nicht mehr erkannt, in meinem Bau versteckt nicht mehr gesehen. Kein Soldat konnte mich fangen. Ich war ganz für mich alleine – keine Menschen, kein Lärm. Ein Traum ging in Erfüllung. Und so lebte ich in meinen G-Gängen und den komfortablen

Wohnhöhlen, von denen es mehrere gab, so fidel, wie nie zuvor.

Eines Tages, ich lag vollgefressen aber wachsam im Schatten einer Tanne auf einem meiner Maulwurfshügel und verdaute, da hörte ich eine selbst für Maulwurfsohren liebliche Mädchenstimme: ‚Hoffentlich störe ich nicht?‘ Ich schüttelte den Kopf. Vor mir stand eine bildschöne, unbeschreiblich schöne junge Dame mit langen Haaren, in einem weißen Kleid. ‚Darf ich mich vorstellen? Ich bin die Fee Melinchen und ich kenne dich schon lange! Ich war mit dir und deinem Freund Paulibus im Krieg und als er verwundet wurde, habe ich ihn vor dem Tod bewahrt.‘

‚Auf den Schlachtfeldern habe ich dich aber nicht gesehen! Du gehörst da auch nicht hin! Und Paulibus haben die Magd und ich gepflegt.‘ Ich war ein wenig ärgerlich. ‚Du hörst nicht zu. Ich habe ihn vor dem Tod bewahrt, ihr habt ihn gepflegt.‘ ‚Wäre er ohne deine Hilfe gestorben?‘ ‚Er wäre schon tot gewesen, als er getroffen wurde, wenn ich die Kugel in seinem Körper nicht abgebremst hätte. Er wäre tot gewesen, wenn ich die Kugel später in seinem Körper nicht eingekapselt hätte. Er wäre an Entzündung und Wundbrand gestorben, hätte ich ihn nicht davor bewahrt. Und er wäre gestorben, wenn ich nicht für den Karren gesorgt und ihn versteckt hätte, damit nur Du ihn finden konntest.

Ihr wäret beide schon in der ersten Schlacht gestorben, wenn ich nicht die Kugeln und Splitter, die euch hätten treffen können, aus ihrer Bahn gebracht hätte.' ‚Wieso hast du das für mich getan?' ‚Nicht für dich, für Paulibus hab ich's getan. Du warst nur immer so dicht neben ihm, dass sie auch dich verfehlten. Du — ich schäme mich, das zu sagen, warst mir herzlich egal!' ‚Dann hatte er ja recht mit seinem Schutzengel, den ich ihm nicht geglaubt habe?'

‚Es ging mir nur und ausschließlich um meinen Geliebten.' ‚Geliebten?', unterbrach ich. ‚Ich hatte mich in ihn verliebt als er allein im Wald hinter der Kaserne an einem Bach saß, ihm seine Locken in die Stirn fielen und er auf seiner Flöte spielte. Das waren ein Bild und eine Melodie ... ich schmolz im Augenblick dahin. Aber ach, ich war zwar unsterblich aber leider auch unmöglich verliebt – Feen und Menschen passen einfach nicht zusammen. Schon, dass sie sich nicht sehen und hören können, ist der Liebe abträglich.' ,Aber du sprichst mit mir und wir sehen uns gegenseitig!', wandte ich ein. ,Du bist ein Maulwurf, ein Tier. Feen und Tiere stehen sich näher als Feen und Menschen. Deshalb war meine Liebe zu Paulibus eine Tragödie.

Du musst wissen, Feen leben mit Vorliebe zu dritt, meine schwesterlichen Freundinnen, Melisande und Mimosettchen, haben alles, wirklich alles versucht, mich von dieser, wie sie es nannten, krankhaften Neigung abzubringen. Und ich sah auch ein, dass Menschen und Feen einander nicht lieben dürfen, nicht lieben können. Aber ich war unfähig, mich von Paulibus zu trennen, konnte von Paulibus nicht lassen. Es ging einfach nicht! Da sagten sie sich von mir los…'

Die Fee namens Melinchen schluchzte ein paar Mal und fuhr nach einer Weile, in der ich G-Gefahr lief mich meinerseits zu verlieben, fort: ,Ich hängte mich an Paulibus, war immer in seiner Nähe, habe ihn behütet, aber er, er merkte nichts!' Und wieder schluchzte sie herzerweichend. ,Doch, er merkte etwas!', versuchte ich sie zu trösten. ,Er sprach immer von seinem Schutzengel, den er spüren könnte!' ,Dich habe ich beneidet, dass du ihn anfassen, mit ihm reden konntest, dass ihr euch sehen konntet. Ich war eifersüchtig auf dich und als ich den Querschläger im Kugelhagel zu spät entdeckte, um ihn noch gänzlich abzulenken, hätte ich, wäre genug Zeit gewesen, ihn auf dich gelenkt. Verzeih mir! Bitte, verzeih!' Sie weinte Feentränen, die glitzerten wie Diamanten. Und ich vergab ihr, vergab ihr nur allzu gern und ließ ihr Zeit, sich zu beruhigen.

,Als dann die Magd bei euch Einzug hielt und Paulibus nur noch Augen für sie hatte, bin ich vor Kummer und Schmerz geradezu krank geworden, hilflos, betrogen fühlte ich mich. Und das ist kein gesundes Gefühl für eine Fee! Du hast mir gezeigt, was mir zu tun blieb. Schweren, bleischweren Herzens verließ auch ich die beiden. Ich war am Ende meiner Kräfte. Das Abwehren der Geschosse auf Paulibus und der Kampf gegen seinen Tod hatten meine Reserven aufgebraucht. Du musst wissen, die Energie von Feen ist begrenzt. Wir sind zarte Wesen.

Wenn mich meine schwesterlichen Freundinnen, Melisande und Mimosettchen, nicht gefunden und gesund gepflegt hätten, ich wäre zu spät gekommen. Ich hätte dich nicht vorm Erschießen behüten können. Ich hätte nicht wieder gut machen können, dass ich dir bedenkenlos und selbstsüchtig den Tod zugedacht hätte, wenn der Querschläger noch zu steuern gewesen wäre!' Ich ver-verstand nicht. ,Als ich endlich auf dem Kasernenhof eintraf, nahm ich all meine wieder erwachten Kräfte zusammen, richtete sie auf dich, da am

Pfahl vor dem Erschießungskommando, und verwandelte dich im allerletzten Augenblick, das ‚Feuer frei' war noch nicht verhallt, in den Maulwurf, der du jetzt bist. Zum Glück hast du nicht lange überlegt, wusstest, was zu tun war und hast dich in Windeseile eingegraben. So entgingst du dem sicheren Tod!' ‚Ich habe gar nichts gedacht. Sich bei Gefahr einzubuddeln ist Maulwurfsart, Instinkt!'

Sie bot mir an, dafür zu sorgen, dass ich wieder Mensch werde. Aber ich war mit dem Maulwurfsdasein noch zufrieden. Ich wollte nicht wieder S-S-Soldat werden und, was ich sonst hätte werden können, w-w-wusste ich nicht.

Mit der Zeit allerdings schmeckte mir nicht mehr, was eines gewöhnlichen Maulwurfes Festessen ist. Die Engerlinge waren mir zu fett, die Larven von allerlei Kleingetier widerten mich an und dauernd Sand im Maul zu haben, war mir mehr als nur unangenehm. Auch, dass ich halb blind war, machte mir mehr und mehr zu schaffen.

Auf der Suche nach den mir inzwischen verleideten Fressalien hatte ich mir einen neuen Gang gegraben. Gerade warf ich mit meinem Kopf und meiner rüsselähnlichen Nase die Erde, die sich angesammelt hatte, nach oben auf die Wiese, da donnerte etwas Großes auf mich herab. Ein Menschenfuß in einem Wanderstiefel hatte meinen frischen Maulwurfshaufen nicht nur unter sich begraben, sondern mit Wucht und Gewalt auf mich getreten. Zum Glück erwischte er nur meinen Kopf, er hätte mich tottreten können.

Zu Tode erschrocken aber auch wütend krabbelte ich aus meinem Bau und äugte blinzelnd an einem Mann hoch. Er war auch sichtlich erschrocken, zog seinen Fuß aus dem Loch und beugte sich zu mir herab. Es täte ihm furchtbar leid. Er sei in Gedanken gewesen und habe nicht auf den Weg geachtet.

‚Du blutest ja am Kopf! Das ist ja fürchterlich!' Er konnte wohl kein Blut sehen, war wohl nie wie ich in den Krieg gezogen. ‚Ich will das wieder gut machen. Was hältst du davon, wenn ich die Wunde heil zaubere?'

‚Wenn du mir was Gutes tun willst, erlöse mich von meinem unterirdischen Leben!' ‚Ist das nicht ein bisschen viel verlangt? So eine kleine Wunde und so ein großer Wunsch? Aber vielleicht können wir handelseinig werden. Ich verzaubere dich in einen Kegel und als solcher wirst du mir eine kurze Zeit dienen und dann verwandele ich dich, in was auch immer du willst. Ein Reh? Einen Vogel?' ‚In einen Menschen, einen Bauern mit einem auskömmlich großen Stück Land, wenn ich bitten darf!' ‚Zu den bescheidenen Wesen gehörst du wohl nicht. Mir soll's trotzdem recht sein.' Und so wurde ich ein hellblauer K-K-Kegel. Und das blieb ich viel länger als eine k-kurze Zeit, die der Zauberer versprochen hatte, lang sein darf.

Eines Tages schickte mich der Zauberer mit einem Wanderburschen, der nach Italien wollte, auf die Reise. Er sollte mich bei meinen Eltern oder bei meinem Bruder in den Bergen abgeben. Wir kamen aber nur bis München, was mir ganz recht war. Sehnsucht nach dem Einödhof hatte ich keine! Knecht meines Bruders wollte ich nicht werden ... da hätte ich genauso gut wieder unter die Soldaten gehen können, Dort in München versackte der Bursche im Hofbräuhaus. Als ihm das Geld ausgegangen war, tauschte mich der Lümmel, der vom Zauberer schon Geld für meine Reise eingeheimst hatte, gegen eine weitere Maß Bier ein, die ihm hoffentlich nicht gut bekommen ist.

Die Maß bezahlte ein Leutnant und der nahm mich als Siegestrophäe für einen Kegelwettbewerb mit. Bitte, seid so freundlich und nehmt mir das Blech vom Bauch. Es juckt mich seit Jahren darunter."

• • •

Stephanie und Stephan taten dem Hellblauen den Gefallen und schraubten die Plakette ab.

Die Reisetasche dehnte sich und streckte sich schon mal, um den weiteren Gast beherbergen zu können.

In der Moskauer Metro

Ihr nächstes Ziel verriet die Kugel und das „Klicke di Klack" brachte sie hin, in die Moskauer Metro zur Station Majakowskaja. Sie dachten, sie seien in einem Palast, Marmor und Mosaike in allen Farben, wohin sie auch schauten. Von schlanken Stahlsäulen getragene Wandelhallen, Sälen gleich. Sie konnten gar nicht glauben, auf einem U-Bahnhof 33 Meter unter der Erde zu sein.

In einer Nische entdeckten sie eine alte Frau, in Russland Babuschka, Großmütterchen, genannt. Sie trug ein grobes Tuch, das ihren kleinen Kopf fast vollständig verhüllte und hatte viel Angst, entdeckt zu werden, denn sie trieb bescheidenen, äußerst bescheidenen Schwarzhandel. Sie hockte auf dem Boden und beschützte mit weit vorgebeugtem Oberkörper ihre ärmlichen Habseligkeiten, die sie auf einer Matte vor sich ausgebreitet hatte: zwei Matrjoschkas[11], eine aus drei, die andere aus sechs abgegriffenen Figuren bestehend, drei ganz ansehnliche Kästchen, die vermutlich ihre Enkel geschnitzt hatten, mehrere selbst gestrickte Mützen und einen indigofarbenen, dunkelblauen Kegel.

Stephan hockte sich vor die Alte und griff nach dem Kegel, da rollte der zur Seite weg. Stephan griff dorthin, da rollte der zurück. Und wieder versuchte Stephan ihn zu ergreifen, da rollte der durch Stephans Beine durch bis zur Mitte der Wandelhalle. Stephan hinterher und wie er den Kegel erreichte, da rollte der weiter.

Stephan erinnerte sich an den üblen Streich mit dem Portemonnaie an einer Strippe, den gemeine Leute lustig finden. Wann immer

---

[11] Wikipedia: Matrjoschka (alternative Schreibweise: "Matroschka") aus Holz gefertigte und bunt bemalte, ineinander schachtelbare, eiförmige russische Puppe, wird irrtümlicherweise auch als Babuschka bezeichnet.

sich jemand nach dem Portemonnaie bückte, zog man es ihm vor der Nase weg. Er sah aber keine Strippe, keine Faden, an dem der Indigofarbene hing. Stephan hatte trotzdem keine Chance. Der Kegel entwischte ihm, ließ sich nicht packen. Stephan geriet außer Atem. Sie entfernten sich immer weiter fort von der Babuschka.

Die fing an zu schimpfen, sich um ihren Kegel, um seine Bezahlung Sorgen zu machen. Natürlich konnte sie nur halblaut zetern, denn sie durfte keinesfalls die Polizei auf sich aufmerksam machen. Stephanie wünschte sich, da sie nicht wusste, was ein russischer Rubel wert ist, lieber ein paar mehr Scheine und ließ schnell die Kugel an einen Kegel stoßen. Das schon bekannte kleine „Klicke di Klack" für Finanztransaktionen erklang und sie hatte vierzig Fünftausendrubelscheine[12] in der Hand, die sie der Alten anbot.

Die bekam talergroße Augen, starrte das Geld ungläubig an und war nicht fähig zuzu-

---

[12] Gut 2.500 €.

greifen. Stephanie sah sie auffordernd an, nickte ihr zu und wedelte mit den Scheinen. Da fiel die Erstarrung von der Alten ab. Mit der einen Hand grapschte sie sich das Bündel Rubel, mit der anderen ihre Habseligkeiten und machte, dass sie fort kam. Stephanie hätte nie gedacht, dass eine so alte Frau so schnell rennen kann.

Stephan war immer noch hinter dem Indigofarbenen her, immer noch spielte der mit Stephan Katz und Maus. Sie waren auf dem Bahnsteig angekommen. Dort stand abfahrbereit ein Zug. Stephan ahnte Schlimmes. Mit einem olympiareifen Satz sprang er dem Kegel nach und erwischte ihn – endlich. Eine Sekunde später wäre der sonst in die gerade abfahrende U-Bahn gerollt und weg gewesen. So landete er in der Reisetasche, die sich dehnte und streckte, um ihm Platz zu schaffen. Bevor sie die Tasche schlossen hörten sie den Roten murmeln: „Schon wieder der Schwarze und keiner haut ihm auf die Finger."

„Du hast jetzt schon zum dritten Mal dem Schwarzen den schwarzen Peter zugeschoben", stellte Stephan fest. „Was hat es mit dem auf sich? Oder hast du ihn nur erfunden? Bist du es, der Schabernack mit uns treibt?" „Es ist der Schwarze, glaube mir. Der ist anders als wir anderen. Er kann sich bewegen und kann was bewirken. Mehr weiß ich nicht."

Nach diesen Abenteuern legten Stephanie und Stephan eine Pause ein, fuhren auf endlos langen, schwindelerregend steilen Rolltreppen hoch zur oberirdischen Welt. Dort setzten sie sich in ein Restaurant und bestellten sich zwei Gläser Tee, neben Wodka das Nationalgetränk. Um bezahlen zu können, bemühten sie das ganz kleine „klicke di Klack", sie brauchten ja nur ein paar Rubel.

Sie hatten nun schon so viel erlebt, waren schon so lange unterwegs aber müde wurden sie nicht und bis auf das, zugegeben reichhaltige Mittagessen im Restaurant „Zum Goldenen M" hatten sie auch nichts gegessen, waren aber nicht wieder hungrig geworden. Also, dachte Stephan, so eine Zauberreise hat wirklich ihre guten Seiten. Als hätte sie seine Gedanken mitgehört, sinnierte Stephanie: „Wenn ich es recht bedenke, steht die Sonne die ganze Zeit still." „Merkwürdig ist auch, dass egal wo wir sind, egal mit wem wir es zu tun haben, Mensch, Tier oder Ding, wir sprechen eine Sprache, können einander verstehen!", wunderte sich Stephan.

Sie holten den indigofarbenen Kegel hervor und baten ihn um seine Geschichte. Sie hörten fein und leise eine Geige eine traurige Melodie spielen. Nach ein paar Takten war es ihnen, als finge die Geige an zu sprechen: „Ich bin nicht großes Geige. Bin kleines Geige, ganz kleines Geige, habe aber eine wunderschöööne Klang. Singe wie Nachtigall." Sie lachte hell auf: „So redete …

Schlappelino

… vor Publikum, wenn er mit mir auftrat. Schlappelino war ein ‚großes Clown‘, in ‚eine kleine Zirkus‘. Das war nicht immer so gewesen.

Früher waren wir wie die Gaukler durchs Land gezogen, waren in Wirtshäusern, auf Marktplätzen, in der Scheune eines fetten Bauern, an angenehmen oder weniger angenehmen Orten aufgetreten. Das Engagement in dem kleinen Wanderzirkus war ein Fortschritt gewesen, wenn auch ein mäßiger. Das Leben in einem Wanderzirkus war und ist kein Zuckerschlecken, war zu allen Zeiten ein hartes Brot und zu Schlappelinos Zeiten war dies Brot so hart wie Stein. Aber es war immer noch besser als allein durch die Lande zu ziehen, sich von Dorfkötern jagen, von Gendarmen, Dorfschulzen oder anderen Amtspersonen schikanieren, von rohen Gesellen beschimpfen, vertreiben, mitunter verprügeln zu lassen. Das Zirkusvölkchen bedeutete ein wenig Sicherheit vor Räubern und Banditen auf den Landstraßen. Der ewigen Suche nach einer halbwegs sauberen, halbwegs trockenen, halbwegs warmen Bleibe für die Nacht war man enthoben. Wir hatten ja Wagen, in denen man zur Not auch schlafen konnte.

Der Wanderzirkus zog mit den Jahreszeiten im Frühjahr nach Norden, einmal sogar bis nach St. Petersburg, im Herbst nach Süden, nach Odessa oder auf die Krim. Wir zogen von Gutshof zu Gutshof, von Schloss zu Schloss. Je reicher die Herrschaft war, je größer die Höfe oder pompöser die Schlösser, desto hochnäsiger behandelten uns meist das Gesinde, die Diener und Lakaien.

Manchmal fanden wir für die Nacht ein Dorf, in dem wir gegen freie Kost und Logis unser Programm aufführten. Das war meist lustig und machte Spaß. Auch wenn mitunter geredet wurde, wie es sich nicht unbedingt für so ein feines Instrument wie mich geziemt. Oft fanden wir kein Dorf oder es gab keines, die Entfernungen in dem riesigen Land waren einfach zu groß. Dann nächtigten wir in den engen, nicht gerade komfortablen Wohnwagen im Wald oder auf offenem Feld.

Schlappelino setzte für seine Auftritte eine feuerrote Perücke auf und zog Schlappschuhe an, die eine halbe Elle[13] zu groß, zu lang waren. Zwischen Schuhen und Perücke trug er eine uralte, enge, etwas zu kleine, abgewetzt glänzende Weste und eine schwarze Hose mit einem rotkarierten Flicken am Popo. Und zwischen Weste und Perücke hing sein tottrauriges weiß-schwarz angemaltes Gesicht.

Er stellte sich mitten in die Manege, legte den Kopf schief und sah aus, als wolle er anfangen zu weinen. ‚Wo seien Geige meiniges?‘, floss seine Klage aus seinem schiefgezogenen Mund. Von hinten wurde eine riesige Truhe auf Rädern hereingerollt. Und ehe sich Schlappelino versah, nahm ihn die rollende

---

[13] Wikipedia: Die Elle ist eine Längenmaßeinheit ... Sie gilt als eines der ältesten Naturmaße. Sie wurde ursprünglich von der Länge eines Unterarmes abgeleitet, misst aber meist mehr als der Abstand zwischen Ellbogen und Mittelfingerspitze eines ausgewachsenen Mannes.

Truhe hoch. Schlappelino sprang von seinem unerwünschten Sitz, rieb sich das Hinterteil und wurde böse: ‚Wo bist du gewest? Geigenkasten meiniger?' Er klappte den Deckel auf und fand eine große Kiste. Mit viel Gestöhn und Gejammer holte er sie umständlich aus der Truhe. Sie war zigmal größer als mein zierlicher, geschwungener Geigenkasten. Ungeduldig machte er die Kiste auf, fand eine kleinere Kiste, öffnete sie, fand einen Kasten und darin einen Karton. Ganz so wie bei einer Matrjoschka.

In dem Karton lag eine Karte und auf der Karte stand: ‚Bin beim Direktor, deine Violina!' ‚Komm sofort hierher, Direktorrr! Gib mir Geige meiniges wiederrr!' Der Direktor kam und versicherte, er habe mich nicht. Zwischen dem Direktor und Schlappelino stand die große Truhe. ‚Direktorrr, du willst haben Geige meiniges nicht? Was stehen auf dem Zettel? Willst du sagen, Geige meiniges lügen?' Und er holte vor Zorn zu einer Backpfeife aus, nahm zu viel Schwung , erwischte den Direktor, der sich geschwind wegduckte, nicht und landete mit dem Kopf voran in der Truhe. Der Direktor ging hoheitsvoll erhobenen Hauptes davon.

Schlappelino, von dem nur noch die zappelnden Schlappschuhe zu sehen waren, rief in der Truhe: ‚Viola! Violina! Oh, hier bist du gewest. Hast dich versteckt auf Grund von Kasten?‘ Und ich antwortete mit einem fröhlichen Dreiklang. Das machte ihn wütend.

Er kletterte aus der Truhe, klemmte mich zwischen Schulter und Kinn und fragte: ‚Wo du bist gesteckt?‘ Und von meinen Saiten, die er, ohne dass es jemand vom Publikum bemerkte, mit dem Bogen berührte, klang ein lautes Wiehern. ‚Was, im Pferdestall?‘ Ich antwortete mit einem heiseren Meckern. ‚Nicht Pferdestall? Ziegenstall? Wird immer schlimmer das!‘ Ich grunzte zustimmend. Er klagte verzweifelt: ‚Jetzt auch noch bei den Schweinen bist du gewest?‘ Da kläffte ich ein bisschen. ‚Und nun, du kommst mir gar auf die Hund!‘ Er war ganz außer sich vor Zorn. ‚Ich dich werde bestrafen!‘ Ich brummte ganz tief. ‚Du willst mir drohen? Mir, dem traurigsten Schlappelino aller Schlappelinos, willst du drohen mit das Bär? Oh, das seien die Höhe!'

Er begann ganz leise eine liebliche Melodie auf mir zu spielen. Dabei war er so geschickt, dass keiner der Zuschauer sehen konnte, dass er spielte. Es sah so aus, als käme die Musik ganz allein von mir. ‚Du machst dich auch noch lustig über Ärger meiniges?' Meine Töne wurden immer fröhlicher und ausgelassener. Er fuchtelte wild in der Gegend herum, schimpfte und tobte und entlockte mir bei all dem Gehabe eine wunderschöne Melodie. Das Publikum lachte Tränen.

Schließlich beruhigte er sich oder gab auf. ‚Meine Herrrrrschaften, ich will ihnen spielen auf Violina meiniges lustiges Stück von Musik, weil sie ist fidel.' Nun war ich beleidigt, denn ich bin keine Fidel, sondern eine Geige, wenn auch eine kleine. Er gab sich jetzt die größte Mühe, verdrehte hingebungsvoll die Augen in alle Richtungen, eines nach oben rechts, das andere nach links unten und stellte sich wie ein Konzertgeiger in Positur. Ich aber war beleidigt und knatschte, quietschte, machte ganz unerträgliche Geräusche.

‚Violina! kannst du nicht hören? Ich spielen will von großes Liebe!' Meine Töne beleidigten die Ohren, schmerzten schlimmer als Zahnweh. Da wurde er wieder böse und ich musste knurren. ‚Kommst du schon wieder mit deine Bärrrr?' Nicht ich kam mit dem Bären sondern Iwan, der Bärenführer, kam mit Petz in die Manege, weil jetzt seine Nummer dran war. Schlappelino sah sich um, wurde vor Schreck ganz starr und fiel steif wie ein Brett in die Truhe, die offen neben ihm stand. Er klappte noch schnell von innen den Deckel zu, dann wurde er hinausgerollt. Das war unser Auftritt und ich war ihm jedes Mal dankbar, dass ich unbeschadet davon gekommen war. Beim Sturz in die Truhe hätte mir schließlich sonst was passieren können. ‚Eine Geige mit einem gebrochenen Steg ist wie ein Vogel ohne Flügel', pflegte mein Geigenbauer zu sagen.

Abends, nach der Vorstellung, waren wir die besten Freunde. Er spielte wundervolle Melodien auf mir. Die Zirkusleute setzten sich dann manchmal zu uns und lauschten. ‚Schlappelino, du bist eigentlich ein richtiger Musiker. Du solltest Konzerte geben!‘, sagten sie oft. Und wenn sie dann schlafen gegangen waren, leistete ich Schlappelino noch lange Gesellschaft.

Schlappelino träumte seinen ewigen Traum. Er saß da in seiner blauen Arbeitshose und einer Kossoworotka[14] mit seinem schmalen, blassen Gesicht, den schwarzen Haaren und den feinen schlanken Händen und träumte von seinem Konzert. Er sah sich in einem großen Saal mit vielen Lichtern, hörte die erwartungsvolle Stille vor dem Auftakt, hörte seine geliebte Musik und nicht enden wollenden Applaus. Er spielte und spielte, ohne müde zu

---

[14] Wikipedia: Kossoworotka (russisch Косоворо́тка; wörtlich: schräger Kragen) ist ein Hemd, dessen Halsausschnitt nicht mittig, wie bei gewöhnlichen Hemden, sondern seitlich versetzt angeordnet ist.

werden, und ein glückliches Lächeln huschte über sein Gesicht.

‚Violina, einmal nur, ein einziges Mal möchte ich ein Konzert geben dürfen. Du wirst mir hoffentlich nicht böse sein, wenn ich dazu eine große Geige brauchen werde. Du wirst mir immer lieber sein, selbst wenn die Große eine Stradivari[15] wäre. Nach den Konzerten spiele ich auf dir, nur auf dir meine Lieblingsmelodien.‘ Er seufzte tief: ‚Ich werde wohl mein Leben lang der traurige Clown Schlappelino mit den Schlapplatschen und dem verrückten Kauderwelsch bleiben.‘ Dann erhob er sich mit einem nochmaligen Seufzer und ging schlafen.

Manchmal, wenn er betrunken war, was selten vorkam, nannte er mich: ‚Viola – Violina, meine Violetta, mein Veilchen, mein Ein und Alles!‘ Und dabei küsste er meinen geschwun-

---

[15] Wikipedia: Antonio Giacomo Stradivari … wird von vielen als der beste Geigenbauer der Geschichte angesehen. Seine Geigen sind die wertvollsten Saiteninstrumente, die es derzeit auf dem Markt gibt, und werden teilweise für viele Millionen Euro gehandelt.

genen Resonanzkörper, als wäre er der einer Frau.

Wir spielten in einem Moskauer Hinterhof, was Besseres hatten wir nicht gefunden, als kurz vor der Abendvorstellung ein aufgeregter feiner Herr energisch nach unserem Direktor verlangte. Der Herr musste reich, zumindest aber bedeutend sein, denn sein Rock war über und über mit Gold verziert. Er habe Schlappelino vor einiger Zeit bei Fürst Putinow spielen gehört. Er sei begeistert! Er brauche ihn, dringend, heute noch, er müsse ihn gleich mitnehmen. Der Herr Direktor wollte davon nichts hören. ‚Ich kann unmöglich auf Schlappelino verzichten.' Das Unmögliche machten einige Goldrubel und ein diskreter Hinweis auf den Zarenhof möglich.

Schlappelino wurde gerufen. Er hatte sich schon für die Abendvorstellung zurechtgemacht. Der Herr hatte es so eilig, dass Schlappelino keine Zeit blieb, sich abzuschminken und umzuziehen. Was hätte er auch schon anziehen können? Der Frack des Herrn Direktor wäre ihm zu groß gewesen und was hätte der Herr Direktor getragen?

Mit einer herrschaftlichen Kutsche, die das Wappen des Zaren zierte, fuhren der Herr und Schlappelino zum Kreml. Dort eilten sie durch endlose Flure bis sie etwas atemlos in einen hell erleuchteten Saal stürmten.

Eine solche Pracht von Kronleuchtern und Kandelabern hatte Schlappelino noch nie gesehen, sich in seinen kühnsten Träumen nicht ausmalen können. Und die Menschen in dem Saal! Schlappelino staunte mit offenem Mund über das Gold, die Diamanten, die Diademe und Krönchen, die Kleider der Damen, die Uniformen – ihm wurde fast schwindelig.

Die hochfeine Gesellschaft nahm zunächst keine Notiz von ihm und dann wussten die Adligen, die Diplomaten und Militärs nicht, ob sie lachen oder sich ärgern sollten. Schlappelino fühlte sich wie eine uralte, verschrumpelte Kartoffel mitten in einem bunten Sommerblumenstrauß! Am liebsten wäre er in ein

Mäuseloch gekrochen, doch es fand sich keines in dem Prunksaal. Da ging er kurz entschlossen zum Angriff über.

Er nahm mich aus dem Kasten, ging zum Podium, stellte sich mitten zwischen die gerafften, rotsamtenen Vorhänge, machte eine kleine, steife Verbeugung und fing an zu spielen. Nach einigen etwas holprigen Takten spielte er schöner noch als in unseren einsamen Nächten.

Die spöttischen, abweisenden Gesichter der Damen und Herren entspannten sich langsam, wurden nachdenklich, von der Musik ergriffen. Schlappelino spielte und ich sang von dem Kummer, der Hoffnung und den Träumen eines Clowns.

Kaum hatten wir geendet, kam – noch während die Gesellschaft applaudierte – ein betresster Herr auf uns zu. Fast flüsternd teilte er Schlappelino mit: ‚Ihre Majestät, die Zarin, erwartet eine Zugabe!' Schlappelino rutschte das Herz in die Hose. Die Herrschaften, Quatsch, die Majestäten in der ersten Reihe waren das der Zar, die Zarin und der Zarewitsch? Und da er nicht wusste, was zu tun sei, ob er sich verbeugen, einen Kratzfuß oder gar einen Kotau[16] machen sollte, hielt er sich an mir fest und spielte von den Jahreszeiten, der Natur und den himmlischen Heerscharen.

Schlappelino hatte sein Konzert gehabt. Er hatte sein Bestes gegeben, hatte mich zum Klingen gebracht wie nie zuvor, hatte Melodien gespielt, die selbst mir, seiner Vertrauten, unbekannt waren. Wie er danach wieder zum Zirkus gekommen ist, konnte er beim besten Willen nicht sagen. Er hatte es wie einen Traum vergessen. In den nächsten Tagen war er kaum zu gebrauchen. Mit Müh und Not musste ich ihn durch unsere Auftritte dirigieren. Er patzte beim Text, verharrte mitten im Geigenspiel. Er war wie verhext, verzaubert,

---

[16] Wikipedia: Mit Kotau ... bezeichnet man den ehrerbietigen Gruß im Kaiserreich China. Dabei wirft sich der Grüßende in gebührendem Abstand zu dem zu Begrüßenden nieder und berührt mehrmals mit der Stirn den Boden.

nicht ganz bei sich. Er brauchte seine Zeit, um wieder er selbst zu werden.

Etwa sechs Wochen später, Schlappelino war fast wieder der Alte, vielleicht ein wenig trauriger, kamen zwei vornehme Herren und begehrten, mit Schlappelino zu sprechen. ‚Herr Schlappelino‘, begann der eine: ‚Ich möchte Ihnen die herzlichsten Grüße unseres Generalmusikdirektors, unseres Hofkapellmeisters ausrichten. Er lässt Ihnen sagen, er dankt Ihnen nochmals, dass Sie ausgeholfen und ihn vor einer Blamage gerettet haben. Ihr Spiel vor dem Zaren war ganz exzellent. Das unterwegs von St. Petersburg nach Moskau aufgehaltene Kammerorchester hätte es nicht besser machen können. Insbesondere Ihre Majestät, die Zarin, ist geradezu begeistert gewesen.

Nun hat es sich ergeben, dass sich die Erste Violine die Hand derart gequetscht hat, dass sie wohl nie wieder wird spielen können. Wir sind gekommen, um Ihnen diesen Posten, den der Ersten Violine im Hoforchester seiner Majestät, des Zaren, anzubieten.' ‚Ich soll die Erste Geige spielen?' Schlappelino musste sich setzen. ‚Ganz recht. Bei den zaristischen Symphonikern und im Orchester des Bolschoi Balletts.' ‚Das geht nicht! Ich habe schließlich meine Verpflichtungen gegenüber dem Zirkus', wandte Schlappelino enttäuscht ein. ‚Das ist schon geregelt', erklärte der Direktor, lächelte wohlgefällig und fuhr sich mit der Hand über seinen Frack, in dem er einen wohlgefüllten Geldbeutel wusste.

So kam Schlappelino an den Hof des Zaren, konnte sich fein kleiden, fuhr sechsspännig, hielt sich einige Diener, einen speziell zu meiner und der großen Geige Pflege. Angefreundet habe ich mich nicht mit ihr, der Dicken. Wir respektierten einander. Ich war eifersüchtig auf sie, weil sie mit Schlappelino in den Konzerten auftrat, sie war eifersüchtig auf mich, weil ich Schlappelinos Vertraute geblieben war und ihm nach den Konzerten Gesellschaft leistete.

Schlappelino konnte natürlich nicht länger Schlappelino heißen nicht zuletzt, weil er seine Schlappschuhe gegen die feinsten Schnabelschuhe eingetauscht hatte. Er nannte sich wie seine Eltern ihn getauft hatten: Boris Karanow. Als Boris Karanow machte er eine steile Karriere, wechselte von der Ersten Violine zum Solisten und war bald nicht nur in Russland bekannt und berühmt. Er reiste durch die Welt, spielte an allen Königs- und Kaiserhöfen, die die Musik pflegten. Die meiste Zeit aber war er am Zarenhof.

Die Zarin konnte nicht genug von ihm hören, besuchte jedes seiner Konzerte und empfing ihn immer wieder als Solisten, der vor ihr und ihren Hofdamen spielen und spielen und spielen musste. Boris störte das wenig, ja er genoss es. Den Zarewitsch aber langweilten die Musik, das stundenlange Rumsitzen und das andächtige Zuhören. Außerdem nagte die Eifersucht an ihm. Zarin hin oder her, sie war seine Mutter und der Fiedler war trotz seiner Virtuosität ein hergelaufener Vagabund,

Clown, Gaukler. In seiner Wut gab der Zarewitsch Boris jedweden Namen, wenn er nur geringschätzig und herabwürdigend war.

Eines Tages konnte der Zarewitsch dem Nachmittagskonzert im kleinen Kreis entwischen. Und da kam ihm eine Idee. Er schlich sich in die Gemächer des Fiedlers, fand aber nur eine kleine, murklige Geige, und ... er klaute sie natürlich nicht. Ein Zarewitsch klaut nicht! Er entlieh sich die Viola, machte mich sich zu eigen, und versteckte mich in einem der unzähligen Türme des Kreml.

Boris suchte seine Violina vergeblich. Zigmal sah er in Schränken, Truhen, unterm Bett, in Kästen, Kommoden und Kisten nach. Seine Violina war nirgends zu finden und auf sein immer verzweifelteres Rufen antwortete ich nicht. Ich konnte ihn nicht hören. Ich war viel zu weit weg. Er sah sogar im Kamin nach und erschreckte, pechkohlrabenschwarz, seinen Diener fast zu Tode.

Boris wurde trauriger als Schlappelino je gewesen war. Und sein Spiel auf der großen Geige verlor an Kraft, an Farbe, wurde lahm und langweilig. Und die Zarin litt mit. Ihre Hofdamen versuchten vergeblich, sie aufzumuntern. Der Zar erkannte bald seine Frau nicht mehr. Wo war ihre Heiterkeit geblieben? Ihr Humor und ihre Lebenslust hatten sie verlassen. Ihr anmutiger Gang … dahin.

Das konnte der Prügelknabe[17] des Zarewitsch nicht länger mit ansehen. Er hatte im Unterschied zum Zarewitsch die Musik von Boris gern gehört, hatte ihn öfter besucht und seinem Spiel auf mir, der Viola Violina, gelauscht. Das sähe dem eifersüchtigen Zarewitsch ähnlich, die Viola einfach verschwinden zu lassen, dachte er, ein Streich wie seine Hoheit ihn lieben! Und so durchsuchte er alle ihm bekannten Verstecke des Zarewitsch. Im Uhrturm hinter allerlei Geräten entdeckte er mich.

Leider gelang es ihm nicht, mich unbemerkt in die Gemächer von Boris zu schmuggeln. Ihm

---

[17] Wikipedia: Prügelknabe bezeichnete in feudaler Zeit einen Jungen niederen Ranges, der an Höfen anstelle des adeligen Nachwuchses bestraft wurde, wenn eine direkte Bestrafung der adeligen Kinder aufgrund des geringeren Ranges des Strafenden nicht zulässig war.

wäre es lieber gewesen, wenn Boris ihn nicht überrascht hätte. Wenn herauskäme, dass der Zarewitsch der Übeltäter war, müsste er auch noch an seiner statt die Prügel einstecken. Und es kam natürlich heraus, denn Boris konnte vor Glück seinen Mund nicht halten. Der Prügelknabe wurde vor den Erzieher des Zarewitsch befohlen und so lange befragt und gelegentlich geohrfeigt, bis er das Versteck verriet. Und das verriet den Zarewitsch, weil der dort einiges aufbewahrte, was ihm gehörte oder was er anderen ‚abgenommen' hatte.

Den Prügelknaben rettete die Zarin höchst persönlich, so froh war sie, Boris schöner denn je wieder spielen zu hören. Sie ließ den Prügelknaben und ihren missratenen Sohn vor sich kommen und hielt ein Gericht der anderen Art, einer Art, wie man sie am Zarenhof bis dato nicht kannte. Ohne viel Federlesen ließ sie dem Prügelknaben die Rute geben: ‚Diesmal ist es umgekehrt! Der Zarewitsch hat's verdient. Schlag ruhig zu!'

Das war dem Prügelknaben nicht recht. Er kniete sich hin vor die Zarin: ‚Die Prügel, Majestät, tut nicht nur dem Prügelknaben weh, auch der Zuschauer, der Zarewitsch, Euer Sohn, leidet, leidet trotz seiner rauen Schale mit mir, weil er ein empfindsames Herz hat. Wäre er herzlos, wäre ein Prügelknabe sinnlos, bewirkte nichts. Majestät, wäre es nicht an der Zeit, die Prügelstrafe abzuschaffen?' Nun ja, die allgemeine Prügelstrafe blieb dem Reich der Russen noch lange erhalten. Aber am Hof des Zaren war sie von Stund an verpönt.

Der Zarewitsch kam aber nicht ungeschoren davon. Schließlich grenzte seine Untat geradezu an Majestätsbeleidigung und die wurde gemeinhin mit Kerker, wenn nicht gar dem Tode bestraft. Ihm wurde mit Zustimmung des Zaren für zwei Wochen das Reiten verboten[18] und das kam ihn hart an, denn er sah sich gern als furchtlosen Kosaken, als Held durch die Steppe galoppieren.

---

[18] Nach heutigen Maßstäben dürfte diese Strafe einem zweiwöchigen Medientotalverbot gleichkommen – kein Handy, kein PC oder Tablet, keine Spielekonsole und kein Fernsehen.

Auf einer seiner Reisen durch Europa vergaß mich Boris in einer Postkutsche. Ein Zauberer fand mich und – ich kann es nicht anders nennen – erpresste mich. Er versprach, mich Schlappelino, ich meine natürlich Boris, zurück zu schicken, wenn ich ihm einige Monate in Gestalt eines Kegels dienen würde. Das wurden, wie bereits bekannt, Jahrzehnte.

Schließlich schickte er mich mit einem Diplomaten nach Moskau, der mich dort einer Enkelin, Urenkelin von Schlappelino übergab. Schlappelinos Familie vererbte mich von Generation zu Generation. Sie wussten, dass ich, die Viola Schlappelinos, des größten Violinisten aller Zeiten, in dem Kegel steckte. Sie glaubten fest daran, dass ich eines Tages zurückverwandelt werde, dass sie mich dann für viel Geld verkaufen könnten, denn sie waren arm.

Die Babuschka hat mich heute zum ersten Mal mitgenommen und zum Verkauf angeboten, als Kegel. Die Not war wohl zu groß geworden oder ihr Glaube an ein Wunder hatte mit den Jahren gelitten. In Gestalt des Kegels bin ich sicher nicht viel wert. Aber in Gestalt der Viola Violina sind die zweihunderttausend Rubel ein eher bescheidener Preis."

•••

Bei den Bouquinisten in Paris

„Jetzt fehlt uns nur noch ein violetter Kegel, dann ist der Regenbogen vollständig", meinte Stephanie und holte die Kugel hervor, die auf Befragen eine rote Linie von Moskau nach Frankreich zeichnete. „Ich wünsche uns nach Paris!" verkündete sie abenteuerlustig in das „Klicke di Klack". Und schon standen sie am Seineufer in Paris vor den Auslagen eines Bouquinisten[19]. Einen Stapel alter Stiche beschwerte ein violetter Kegel. Für ein paar her-

---

[19] Spiegel Wissen: Bouquinist [buki'nist; französisch] Altbuchhändler; bekannt sind vor allem diejenigen, die ihre Stände und Kästen an den Ufermauern der Seine in Paris haben.

beigezauberte Euros kauften sie den Violetten und gingen mit ihm runter an den Fluss.

Sie setzten sich auf die Kaimauer, ließen die Beine baumeln und baten den Violetten um seine Geschichte. Quengelig, gequält quetschte der hervor: „Das haben wir doch längst aufgeschrieben. Was soll die alte Geschichte? Lasst mich in Frieden. Es bringt ja doch nichts. Ich werde nie wieder laufen können." Nach einer Pause fragte Stephanie behutsam: „Ich möchte dir nicht zu nahe treten. Ich kann dir auch nicht versprechen, dass wir dir helfen können. Wir haben schon sechs Kegel in den schönsten Regenbogenfarben gefunden und vielleicht … vielleicht werdet ihr erlöst, wenn wir ‚alle Neune' haben. Das ist kein Versprechen nur eine Vermutung aber es scheint die einzige Hoffnung zu sein." Resigniert antwortete der Violette: „Hoffnung? Ich bin mit den Jahren so mutlos geworden. Ich mag einfach nicht mehr. Am besten werft ihr mich in die Seine." „Kommt gar nicht in Frage!" „Ich mag aber nicht mehr erzählen!" Man hörte förmlich wie der Violette zornig mit dem nicht vorhandenen Fuß aufstampfte. „Dann verrate uns bitte, wo wir deine geschriebene Geschichte finden können oder wo wir nach ihr suchen sollen." „Sie wird hier irgendwo bei einem Bouquinisten liegen, ich weiß nicht mehr."

Es gab hunderte von Bouquinisten. Manche hatten sich spezialisiert auf Erstausgaben, Literatur des vorletzten Jahrhunderts, Klassiker, Kriminal- oder Liebes- oder Abenteuerromane, geistliche oder weltliche Schriften und so weiter, zum Beispiel auch auf Handschriften. Bei denen wollten sie anfangen mit dem Suchen. Da meldete sich der Grüne, der Mäusekönig Caesar Alexander der Erste: „Wie wäre es, wenn ich die französische Kollegen bitte, sich umzusehen? Wir Mäuse kommen viel rum und fast überall hin."

Es dauerte eine zeitlose Ewigkeit, in der Stephan und Stephanie hinüber zu Notre Dame wanderten. Im Strom der Touristen aus aller Herren Länder bestaunten sie die gotische Kathedrale aus dem zwölften bis vierzehnten

Jahrhundert. Endlich meldete sich ein Mäuserich. Er habe im Lager eines auf Handschriften spezialisierte Bouquinisten etwas gefunden. Zwischen zwei Pappdeckeln, die er, um lesen zu können, habe anknabbern müssen, habe in feiner, zarter Damenschrift etwas von einem Mädchen namens Florence, genannt Florie, und ihrem Freund, dem Spatzen, gestanden. Er habe nicht alles gelesen, denn Lesen sei für eine Maus extrem anstrengend zumal es ihm gerade erst für diesen Auftrag beigebracht worden sei: „Auf den letzten Seiten stand etwas von einem violetten Kegel. Und um den geht es doch?" Er bat sie, ihm zu folgen.

Es war nicht leicht für eine Maus, mitten am helllichten Tag durch eine Riesenstadt wie Paris den Führer zu spielen. Beim Überqueren des Quai de la Corse konnte sie, weil sie sich total auf die schnellen Autos konzentrierte, nur mit knapper Not einer langsam daher kommenden Hochzeitskutsche ausweichen. Vor dem Rathaus wäre sie beinahe einem Flic[20] aufgefallen und konnte sich nur durch einen beherzten Sprung in einen Papierkorb vor dem hysterischen Geschrei einer Dame, die sie entdeckt hatte, retten. Es war auch nicht leicht, einer Maus durch den Großstadtverkehr zu folgen und so waren Stephanie und Stephan erleichtert, als die Maus sie in die Metrostation Hotel-De-Ville lotste und sich in der Reisetasche verkroch.

Auf Geheiß der Maus fuhren sie mit der Linie 1 unter der Avenue des Champs-Élysées, von der sie leider gar nichts sahen, durch bis zur Station Étoile. Dort stiegen sie um in die Linie 2 bis zur Station Pigalle. In den engen steilen Gassen und auf den Treppen von Montmartre hatten sie es leichter, sich nicht aus den Augen zu verlieren. Sie waren schon ziemlich weit oben, nahe der weiße Basilika Sacré-Cœur, als die Maus in einen Hof abbog. In einem Schup-

---

[20] Anmerkung zu national Charakteristischem: Flic (franz.) und Bobby (engl.) freundlich scherzhafte Spitznamen für Polizisten; Bullen (deutsch) böses Schimpfwort für Polizisten.

pen, voll mit Büchern und Papieren, fanden sie
die Handschrift:

Florie – Florence

erzählt von ihr selbst und ihrem Freund, dem
Spatzen,
aufgeschrieben von der Elfe Elfi.

Sie schlugen das Titelblatt um und sahen mit
Entsetzen, wie die ohnehin zarte Schrift ver-
blasste, sich verflüchtigte und verschwand.
Hektisch blätterten sie Seite um Seite weiter.
Auf jeder neuen Seite löste sich die Schrift auf,
bis nichts mehr zu sehen war. Sie beknieten
den Violetten, sein Schweigen zu brechen. Der
aber blieb stur oder konnte wirklich nicht
mehr.

Da meldete sich ihr Reiseführer, der Rote, zu
Wort: „Die Kugel sollte eingreifen. Das geht zu
weit! Der Schwarze – ich bin sicher, er ist in
unserer Nähe – kann uns doch nicht die Hoffnung rauben. Er sollte bei all seiner Schaden-

freude bedenken, dass auch er nicht erlöst wird, wenn er die Geschichte von Florie – Florence und dem Spatzen einfach verschwinden lässt!"

Nichts geschah, jedenfalls nichts, was Stephanie und Stephan hören oder sehen konnten. Enttäuscht wollte Stephanie die leeren Seiten schon weglegen, da zeichneten sich sachte aber von Moment zu Moment deutlicher Buchstaben auf ihnen ab und sie konnten mit dem Lesen der Geschichte beginnen:

„Ich bin im Dorf Montmartre, nördlich von Paris, geboren. Mein Vater war Küfer[21]. Er stellte mit zwei Gesellen in einem Schuppen Wein-, Gurken- und Bierfässer her. Wir wohnten am Hang von Montmartre in einem kleinen Haus mit einem Hof, auf dem die Fässer und das Holz lagerten. Meine Mutter war eine fröhliche Frau. Trotz der Arbeit, die sie mit uns fünf Kindern hatte, sang sie den ganzen Tag. Ich war

---

[21] Fassmacher, Böttcher

das Nesthäkchen und wurde von allen geliebt, verwöhnt, umsorgt.

Dann geschah das Unglück. Ich fiel von Nachbars Heuwagen und konnte von Stund an nicht mehr laufen. Meine Mutter mochte nicht mehr singen. Auch ich fand meine gewohnte Fröhlichkeit nicht mehr. Statt unbeschwert wie früher zu sein, fühlte ich mich zentnerschwer. Ich hatte das Lachen verlernt, hatte das Dorf, die Felder und Wiesen und Wälder verloren. Mühselig, nur mit meiner Arme Kraft bewegte ich mich in der Kammer, die ich jetzt allein bewohnte. Haus und Hof waren schier unerreichbar für mich.

An einem warmen, sonnigen Frühlingstag trug mich Jaques, einer der beiden Gesellen meines Vaters, hinaus auf den Hof. Trotz der strahlenden Sonne erschien mir die Welt düster und farblos. Missmutig und lustlos schaute ich mich um.

Da entdeckte ich nicht weit von mir zwischen den Fässern einen Spatz. Der zog den linken

Flügel nach und fiepte als habe er Schmerzen. Das war unklug, denn so wurde unsere Katze, ein vom Mäusefang dicker, immer gefräßiger Kater, auf ihn aufmerksam. Eigentlich mochte ich ihn. Wie er sich jetzt aber duckte, den Kopf zwischen den Vorderpfoten einzog und sich langsam kriechend anpirschte, war er mir widerlich. Er sah gierig, grausam aus! Wie er zum Sprung ansetzte, kippte ich mich vom Stuhl und landete zwischen Spatz und Kater. Der erschrockene Kater brachte sich mit einem Satz in Sicherheit. Der Spatz sah mich starr vor Angst an."

„Florie, das stimmt doch nicht! Ich habe dich bewundernd angesehen, dankbar, weil du mir das Leben gerettet hattest." Florie: „Ich will mich nicht mit dir streiten. Ich streckte die Hand nach dir aus, du legtest den Kopf schief, als dächtest du über meine Einladung nach. Da ich ohnehin nicht aufstehen und weggehen konnte, hattest du viel Zeit, dich mit meiner Hand anzufreunden."

Spatz: „Ich freundete mich eher mit dir an. Irgendwie erschienst du mir anders als die übrigen Menschen. Ich weiß nicht warum, aber ich fasste Vertrauen zu dir und hüpfte in deine Hand, obwohl darin kein Krümchen oder sonst was Essbares war."

Florie: „Als mein Vater mich fand, von der Erde aufhob und mich ins Haus trug, nahm ich dich mit in meine Kammer. Mit deinem lahmen Flügel tatst du mir leid, und ein flüchtiges Lächeln, das erste seit meinem Unfall, huschte über mein Gesicht – ich habe es deutlich gespürt. Ich fand, wir seien uns ähnlich. Du konntest nicht mehr fliegen, ich nicht mehr laufen. Wir passten zusammen."

Spatz: „In diese besinnlichen Minuten platzte deine Mutter hinein. Die machte ein Gewese um deinen Sturz vom Stuhl, nicht auszuhalten, und als sie mich entdeckte, wollte sie mich zum Fenster rausschmeißen. Sympathisch war mir deine Mutter nicht!" Florie: „Das hat sich schnell geändert. Ich sehe dich noch hinter ihr her hüpfen, wann immer sie in die Küche ging.

Außerdem hast du es ihr zu verdanken, dass ich deinen Flügel mit einem Holzspan schiente. Ohne ihre Hilfe hättest du nie wieder fliegen können."

Spatz: „Während mein Flügel heilte, hatten wir eine schöne Zeit miteinander." Florie: „Das finde ich auch. Ich lernte wieder zu lachen. Du warst lustig, machtest Quatsch, hast dich von dem lahmen Flügel nicht unterkriegen lassen. Aber dann kam der Tag, an dem ich dir die Schiene vom Flügel nahm. Ich hoffte von ganzem Herzen, dass du wieder fliegen konntest, und hatte Herzweh, dass du auf und davon fliegst, dass ich dich nie wiedersehe." Spatz: „Es ist mir schleierhaft, wieso du so schlecht von mir denken konntest!

Ich streckte den Flügel ein paar mal. Er fühlte sich wie eingerostet an und tat ein wenig weh. Dann machte ich ein paar Hüpfer, flatterte mit beiden Flügeln und die Hüpfer wurden länger und ich fing an, mich in der Luft wieder wohl zu fühlen. Bei meinen ersten Flugversuchen sah ich mir Haus und Hof und Dorf von oben an.

Am nächsten Tag flog ich in die Gegend. Ich hatte mich wohl überschätzt, war noch nicht wieder ganz bei Kräften. Schon bald musste ich mich ausruhen. Ich machte es mir auf einem Zweig einer Heckenrose bequem. Da rief mich jemand an: ‚Hallo Spatz!‘ Ich rührte mich nicht. Und nochmal: ‚Hallo Spatz!‘ Ich sah mich um.

Unter mir hatte sich eine klitzekleine Elfe im Gestrüpp der dornigen Heckenrose verfangen. ‚Meinen Sie mich? Gnädigste?‘ ‚Ja, wen sonst?‘ ‚Dann bitte: Herr Sperling! So einfach: Spatz, ist mir zu intim, obwohl mir das aus dem Munde einer so feinen Dame wie Ihnen durchaus gefallen könnte.‘ ‚Darf ich mich vorstellen? Mein Name ist Elfi. Helft mir, Herr Sperling, bitte! Die Dornen halten mich fest!‘ ‚Soll ich Euch befreien?‘, bot ich an. ‚Lieber nicht, ich bin schon jetzt zerstochen und zerkratzt genug. Seien Sie so freundlich und bringen Sie mir meinen Zauberstab, dann kann ich mich selbst ohne weiteres Blutvergießen loszaubern. Als ich Opfer der Dornen wurde, habe ich ihn vor Schreck fallen lassen. Da unten liegt er. Aber seien Sie vorsichtig, dass Sie sich nicht auch noch verletzen.'

‚Sie können zaubern?', fragte ich. ‚Ein wenig.' ‚Dann schlage ich vor, dass Sie mir einen zauberhaften Gefallen tun, wenn ich Ihnen das Stöckchen bringe.' ‚Was für einen Gefallen?' ‚Wissen Sie, ich bin mit einer Menschin befreundet und in ihrer Schuld. Sie hat mir das Leben gerettet und mich gesund gepflegt, mein linker Flügel war gebrochen.' ‚Soll ich die Dame in eine Spätzin verzaubern? Hast du ein Auge auf sie geworfen?' ‚Nein, nicht doch. Die Madame, die eine Mademoiselle ist, kann nicht laufen, so wie ich mit dem gebrochenen Flügel nicht mehr fliegen konnte. Zaubert sie bitte gesund!'

‚Ich fürchte, so viel Macht habe ich nicht. Ich bin nur eine Elfe!' Ich überlegte: ‚Und wie wäre es, wenn Ihr zaubert, dass das Mädchen mich und ich das Mädchen verstehen kann, dass wir uns miteinander unterhalten können? Ginge das? Oder wäre auch das zu viel verlangt?' ‚Ich weiß nicht,' zweifelte die Elfe. ‚Könnt Ihr es nicht wenigstens versuchen?' Und ich holte ihr den Zauberstab, ein Stäbchen kleiner als eine Stecknadel. Sie zauberte sich frei und zusammen flogen wir zu dir.

Als wir ankamen, hast du geschlafen und so konnte die Elfe mit Namen Elfi in aller Ruhe Zaubersprüche an uns ausprobieren. Beim dritten Versuch hat es geklappt. Ich konnte sprechen wie die Menschen. Ich war gespannt, ob wir uns beide hören und verstehen konnten, darum weckte ich dich.

Ich erlaubte mir, Deine Wange mit meinem Flügel zu streicheln." Florie: „Das war, als hätte mich im Traum ein Schmetterling geküsst. Wach geworden, war ich so froh, dich wiederzusehen, dass ich dich beinahe zerdrückt hätte und erst gar nicht hörte, wie du klar und deutlich aufschriest: ‚Florie! Du tust mir weh!'"

Spatz: „Und als du begriffst, dass wir miteinander reden konnten, war es mit meiner Ruhe vorbei! Du hast mir Löcher in die Flügel[22] gefragt. Wie lernt ein Spatz fliegen? Kannst du

---

[22] Was den Vögeln die Flügel, ist dem Menschen der Bauch.

mir das nicht beibringen? Wieso fressen Spatzen Würmer? Ekelt euch das nicht? Was denkt ein Spatz von einem Menschen? Wieso können Spatzen und Katzen sich nicht vertragen? Wie schlafen Spatzen? Wieso fallen sie nicht vom Baum, wenn sie schlafen? Müssen Spatzen artig sein? Müssen Spatzen den Eltern helfen? Sagen Spatzen immer die Wahrheit? Das nahm und nahm kein Ende. Da flog ich einfach weg. Ich schaute mir Paris von oben an und erzählte dir heimgekommen von meinem Ausflug, statt deine Fragen zu beantworten."

Florie: „Ja, mit Paris von oben fingen deine Erzählungen, deine Reiseberichte an. Es folgten der Hafen und die Märkte von Paris. Du hast dich sogar in die Bastille[23] gewagt und Grauenvolles berichtet. Mit deinen Augen habe ich Versailles, das Schloss des Königs, von innen gesehen. Du warst ja frech genug, überall her-

---

[23] Wikipedia: Die Bastille (französisch ‚kleine Bastion') war ursprünglich eine besonders befestigte Stadttorburg im Osten von Paris, die später als Gefängnis genutzt wurde. Der „Sturm auf die Bastille" am 14. Juli 1789 kann als symbolischer Auftakt und Geburtsstunde der französischen Revolution interpretiert werden.

umzufliegen. Wenn man dich erwischt hätte – nicht auszudenken!" Spatz: „Florie! Ich bitte dich! Wer hätte mich schon fangen können? Die Hofschranzen? Dass ich nicht lache!"

Florie: „Gib nicht so an! Trotzdem danke ich dir, am schönsten fand ich den berühmten Spiegel-saal. Ich bin schließlich keine Prinzessin und dennoch im Schloss zuhause!" Spatz: „Da irrst du dich! Du bist meine Prinzessin!" Florie geschmeichelt: „Papperlapapp!" Spatz: „Und der Schlossgarten mit den Wasserspielen, den Fontänen, den Statuen – der hat dir nicht gefallen?" Florie: „Schon. Aber das, was du über das Meer erzählt hast, hat mir viel, viel besser gefallen! Das Meer – trotz oder wegen deiner Schilderung ganz unbeschreiblich, die Gärten – akkurat, schön und künstlich … aber beschreibbar.

Mit deinen Geschichten unterhielt ich bald das ganze Dorf, die Kinder des Dorfes. Die Erwachsenen hatten keine Zeit oder hielten die Geschichten für erfunden. Denn niemand außer mir konnte sich mit einem Spatzen unterhalten." Spatz: „Was ein Glück, dass uns auch keiner hören konnte, wenn wir miteinander redeten, denn sonst hätte ich dir längst den Spatz verbieten müssen. Merk's dir endlich, ich bin ein Sperling!" Florie: „Du bist mein Spatz, du Sperling!

Der Umgang mit den Kindern des Dorfes ließ mich fast vergessen, dass ich nicht mehr laufen konnte. Ich war wieder eine von ihnen geworden. Und als sie mir einen Karren, ein Brett auf vier Rädern[24] mit einer Leine dran, bastelten, konnte ich sogar mit ihrer Hilfe wieder ins Dorf. Aber es war mühselig. Der Karren hatte keine Deichsel, wann immer wir um eine Kurve mussten und deren gab es viele im Dorf, musste ich auf meinem Brett herumgeruckt werden, ziemlich anstrengende Manöver.

Es war seltsam und ich verstand mich selbst nicht mehr. Ich war geliebt von meiner Familie und dem Spatzen, der ja längst zur Familie gehörte. Ich war beliebt bei den Kindern im Dorf, ich konnte mich an den Geschichten und der

---

[24] Rollstühle gab es noch lange nicht.

Welt erfreuen, hatte mit den Augen des Spatzen mehr gesehen als irgendein anderes Kind. Und doch, glücklich war ich nicht, nicht einmal zufrieden."

Spatz: „Ich habe das erst nicht wahr haben wollen aber mit der Zeit musste ich einsehen, dass meine Florie – Florence, wenn sie allein war, traurig wurde. Dass sie nicht mehr laufen konnte, nagte an ihr. Dass sie nicht mit eigenen Augen all das sah, was es jenseits des engen Dorfes in der Welt gab, machte sie mutlos. Und an die Zukunft durfte sie gar nicht denken.

Als ich eines Tages über Land flog, entdeckte ich auf einer Wiese nicht den Maulwurf selbst, aber seine Hügel, mit denen er in regelmäßigen Abständen die Wiese ‚verzierte'. Nun, dachte ich, in der frischen Erde könnte sich was Essbares finden, eine Made, ein Engerling, ein Regenwurm. Auf einem Strauch ließ ich mich nieder und wartete auf den nächsten Erdauswurf. Da kam ein Mann daher, trat in den frischen Hügel und verletzte den Maulwurf darunter am Kopf. Es muss ein besonderer

Mann gewesen sein, denn zu meiner Verblüffung sprach er mit dem Maulwurf und der mit ihm, ganz so wie Florie und ich miteinander redeten.

Zu Hause erzählte ich Florie die Geschichte. ‚Die haben einen Pakt geschlossen. Der Maulwurf, der – ich weiß nicht wie – früher wohl Soldat gewesen war, ließ sich nicht seine Kopfwunde heilen, wie der Mann ihm anbot. Nein, er wollte wieder Mensch, allerdings nie wieder ein Soldat sein. Der Mann, inzwischen war ich mir sicher, dass er ein Zauberer sein musste, verlangte im Gegenzug, dass der Maulwurf ihm eine Zeitlang als Kegel dienen sollte. So wurden sie sich einig, der Maulwurf wurde zu einem hellblauen Kegel, und der Zauberer wanderte mit dem Kegel in der Tasche fröhlich weiter.

Ich folg hinterher, setzte mich auf seine Schulter, dicht neben sein Ohr und fragte ihn, ob er vielleicht noch einen Kegel brauchen könnte. ‚Ja, noch drei. Und der nächste wird violett werden.‘ Ob er denn den Violetten nach seinem Dienst als Kegel wieder zum Menschen machen könnte, zum gesunden, heilen Menschen? Wollte ich wissen. Und er versprach es hoch und heilig, gab mir sein Ehrenwort als Zauberer. Ich fragte Florie, was sie davon halte."

Florie: „Ich wusste nicht, was ich davon halten sollte. Einerseits und andrerseits – so ging es mir tagelang durch den Kopf. Dieses Hin und Her machte mich ganz schwindelig. Wie hätte ich meine Familie, Vater, Mutter und die Geschwister, verlassen können? Was wäre das für ein Leben als Kegel? Und wie lange sollte das dauern? Und das Wichtigste: Könnte ich hinterher wieder laufen?

Schließlich sprach ich mit meiner Mutter darüber. Die weihte Vater ein. Der Familienrat, wir alle zusammen, tagte, tagte einmal, zweimal und wäre auch beim hundertsten Mal nicht zu einer Entscheidung gekommen, wenn der Spatz, pardon der Sperling, nicht einen Vertrag, vom Zauberer unterschrieben, beigebracht hätte. Darin verpflichtete er sich, mich von einem Kegel in ein gesundes Mädchen, das springen, laufen, hüpfen, tanzen kann, zu verwandeln, wenn ich bereit wäre, mich für kurze Zeit, höchstens ein paar Monate, in einen violetten Kegel verzaubern zu lassen. Das funktioniere allerdings nur, wenn alle Beteiligten, Vater, Mutter, Geschwister, Spatz und ich strengstes Stillschweigen bewahrten.

Nach einigen schlaflosen Nächten unterschrieben Vater und Mutter den Pakt. Der Zauberer kam vom Spatz geleitet zu uns nach Hause, verwandelte mich in den violetten Kegel und ging mit mir in der Tasche seiner Wege. Und ich blieb Jahre lang nichts anderes. Nur einmal noch sah und sprach ich dich, mein Spatz, du Sperling."

Spatz: „ Und was wir besprachen und uns erzählten, hat Elfi, die mich zu dir begleitet hatte, aufgeschrieben."

...

Auf der Suche nach dem Schwarzen

Jetzt hatten sie sieben Kegel in den Farben des Regebogens. Mehr Farben hatte der Regenbogen nicht. Ein richtiges Kegelspiel aber hatte neun Kegel. Da meldete sich der Rote zu Wort: „Ihr habt ihn ja schon öfter erlebt, da ist noch der Schwarze. Und wo ein Schwarzer ist, ist oft auch noch ein Weißer. Von dem ist aber nichts bekannt. Da ist guter Rat teuer."

Sie befragten die Kugel. Aber die wurde nicht wie gewohnt zum Globus. „Kannst du nicht?" fragte Stephan. Die Kugel rollte vor und zurück, ganz so als nicke jemand mit dem Kopf. „Aber du kennst doch den Schwarzen?" Wieder das Kugelnicken. „Hast du keine Macht über ihn?" Und die Kugel nickte zum dritten Mal.

Da kam ein Hahn angeflogen und setzte sich auf die Reisetasche. Ein Hahn, der fliegt?, fragte sich Stephanie und sah genauer hin. Im Schnabel hatte der Hahn nach Art der Brieftauben ein Röllchen Pergament[25]. Sie hielt dem Hahn die offene Hand entgegen und der ließ das Pergament mit einem geradezu hoheitsvollen Kopfsenken auf ihre Hand fallen. Dann richtete er sich auf, stellte sich quasi auf Zehenspitzen, plusterte seine Hähnchenbrust auf, breitete seine zu Schwingen entarteten Flügel aus, legte den Kopf in den Nacken, krähte als wollte er zehntausend Hühnern imponieren, schlug mit seinen Schwingen wie ein Adler am Horst und erhob sich in die Lüfte und ward nicht mehr gesehen. „Alles, was recht ist,“ kommentierte der Rote, „Humor hat er, der Schwarze!“

Auf dem Pergament stand:

**Man kann ihn essen,
man kann in ihr wohnen**

---

[25] Wikipedia: Pergament ist eine leicht bearbeitete Tierhaut, die seit dem Altertum als Beschreibstoff verwendet worden ist. Es ist damit ein Vorläufer des Papiers.

und ist dann einer.
Wenn ihr wisst, was ich meine,
werdet ihr mich finden.

„Was soll das denn heißen? So ein Quatsch!",
ärgerte sich Stephan, und zu Stephanie: „Du
bist doch die Rätseltante. Streng dich mal an!"
„Oh, der Herr sind ungehalten?" „Verzeih mir.
Aber bis jetzt ging alles glatt und nun so ein
Stuss!" Stephanie musste grinsen. „Wenn es
darum geht, eins und eins zusammenzuzählen,
sind Jungs ein bisschen dumm[26]. Denk doch
mal an Wien!" „Mascharia? Wasserpfeife?
Trödelladen? – Was hat das mit dem blöden
Spruch zu tun?" „Kalt, kalt, komm mal wieder
raus aus dem Trödelladen!"

Stephan schlug sich mit der Hand vor die
Stirn: „McDonald's: Man kann ihn, den **Ham-
burger**, essen, man kann in ihr, der Freien und
Hansestadt **Hamburg,** wohnen und ist dann ein
Hamburger!" Beide wie aus einem Mund: „Wir

---

[26] Internet: Maxima, Königin der Niederlande, anlässlich ihrer
Verlobung 2011 mit Prinz Willem-Alexander: "Hij was een beetje
dom."

müssen nach Hamburg!" Und das „Klicke di Klack" versetzte sie von Montmartre auf die Aussichtsplattform des Michel[27], 106 Meter hoch über den Dächern und dem Hafen von Hamburg – ein überwältigender Rundblick. Den teilten sie mit vielen Leuten aber mit keinem Kegel.

Obwohl es windstill war, flatterte aus Richtung Hafencity ein Stück Papier zu ihnen hoch und ließ sich direkt vor ihren Füßen nieder. Es war eine Werbung für:

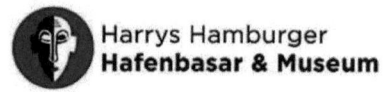

„‚Klicke di Klack‘ oder laufen?", fragte Stephan. Sie entschieden sich – das Wetter war so schön – fürs Laufen. So sahen sie ein wenig vom Hafen und der alten Speicherstadt. An den Ma-

---

[27] Wikipedia: Die evangelische Hauptkirche Sankt Michaelis, genannt *„Michel"*, ist ... ein Wahrzeichen der Hansestadt ... Sie gilt als bedeutendste Barockkirche Norddeutschlands und ist dem Erzengel Michael geweiht.

gellan-Terrassen in der nagelneuen Hafencity, einem früheren Hafenbecken des aufgelassenen Freihafens, fanden sie Harrys Museum im Bauch eines Schwimmkrans.

Am Eingang empfing sie ein – wie es schien – spöttisch lächelnder, schwarzer Kegel. Er folgte ihnen von Kammer zu Kammer und schien sich bestens zu amüsieren, denn den außer ihm erhofften weißen Kegel fanden sie nicht. Schließlich erbarmte er sich ihrer und meinte so nebenbei und eher für sich: „Kleider machen Kegel zu Leuten." Und tatsächlich in einer der Museumskammern, die sie schon erfolglos besichtigt hatten, fanden sie unter afrikanischen Puppen den als Gespenst verkleideten weißen Kegel.

Sie hatten endlich den König der Kegel gefunden. Majestätisch sah er aus, so ganz in Weiß mit einem Hauch von Cremefarbe. Stephanie fand, er glänze wie Elfenbein und nannte ihn für sich den Elfenbeinfarbenen. Sie waren sehr gespannt, mit was für einer Geschichte er aufwarten werde. Es müsste etwas ganz Besonderes sein, da waren sie sich einig.

Der König aber hüllte sich in Schweigen, verlor kein Wort. Konnte er nicht sprechen? Wollte er nicht oder hatte er wider Erwarten nichts zu sagen? Stephanie knickste etwas linkisch, denn Knicksen war sie nicht gewöhnt. Bei Hofe wäre sie mit Pauken und Trompeten wegen eines solchen knickerigen Knicks durchgefallen.

Sie versuchte es mit Schmeicheln: „Majestät, bitte, erzählen Sie uns Ihre Geschichte." Nichts – kein Mucks. Der Rote meinte verdrießlich: „Er ist halt ein König, düngt sich was Besseres zu sein als unsereiner. Der spricht nicht mit jedem!"

Was nun? Alle neun Kegel waren gefunden und versammelt. Und jetzt? Stephanie sah Stephan ratlos an. Der zuckte mit den Schultern. Beide wandten sich mit fragenden Blicken an den Roten. Der aber guckte in die Gegend als ginge ihn das alles nichts an. Schließlich nahm Stephanie den Schwarzen und den Elfenbeinfarbenen, öffnete die Reisetasche, die sich wieder etwas dehnte, etwas streckte, um Platz zu schaffen. Da lag die Kegelkugel obenauf und Stephanie hätte schwören mögen, dass sie beim letzten Mal, als sie den Violetten verstaut hatte, ganz unten in der Tasche, unter den Kegeln gelegen hatte.

Als sie die Kugel leicht mit dem Finger berührte, räusperte sie sich und sprach mit dunkler, etwas müder, verschlafener Stimme: „Vielleicht ist der König stumm, weil ich seine Geschichte vergessen habe?" „Wie kommst du darauf?" fragte Stephan. „Weil alles von mir abhängt!" antwortete die Kugel geheimnisvoll. „Erzähle, bitte!", mischte sich aufgeregt Stephanie ein.

„Gut, ich will Euch meine Geschichte erzählen und weil das alles so lange her ist, werde ich nicht von mir, sondern von Primus Primissimus[28] sprechen, dem Ersten unter den

---

[28] Primissimus ist natürlich kein Nachname. Zauberer haben wie Päpste nur Vornamen, mal einen, mal zwei und dahinter eine Nummer, zum Beispiel Johannes Paul der Zweite. Primus Primissimus war – wie der Name schon sagt – selbstverständlich der Erste.

Allerersten, dem Besten unter den Besten. Diesen anspruchsvollen Namen hatte ihm seine Patentante als höchst einflussreicher Geist der Meere zuständig für Gezeiten, Sturm- und Springfluten, Unwetter und Wirbelstürme gegeben. Ihr zu widersprechen getraute sich weder seine Mutter noch sein Vater."

Die Kugel räusperte sich ausgiebig, rollte sich in eine bequeme Position und fing an …

Die Geschichte der verzauberten Kegel

Lehrjahre

„Primus war ein junger, neugieriger Zauberer und er fühlte sich seinem Namen verpflichtet. Sein Ehrgeiz trieb ihn in die Welt hinaus. Er wollte der Größte werden. Ihm sollten alle Geister Untertan sein, alle Gewalten und Zauberkräfte zu Diensten stehen. Er wollte im

Großen Berge versetzen und im Kleinen Marienkäfer verwandeln, im Guten Menschen und Kobolde und Feen – wer auch immer es verdiente – beschenken, belohnen und im Bösen die Bösen bestrafen können. Nichts sollte ihm unmöglich sein!" Die Kugel schien sich blassrosa zu verfärben, dem Zauberer war das maßlose Wunschdenken von einst wohl heute noch peinlich.

Mit inzwischen voll und ganz erwachter Stimme fuhr er fort: „Auf seiner Wanderschaft zur Erkundung der Welt, der sicht- und der unsichtbaren, kehrte er mal bei diesem, mal bei jenem Zauberer ein, mitunter auch bei Hexen und Geistern. Und wenn ihm einer seiner Gastgeber vielversprechend erschien, bot Primus sich als Praktikant oder Lehrling an und blieb, wenn sie sich handelseinig wurden, eine Weile, um zu lernen, um als Zauberer besser und unübertrefflich zu werden. Er war ein aufmerksamer Schüler, begriff schnell und konnte im Handumdrehen die Zaubersprüche auswendig. Er bekam als Empfehlung an seinen nächsten Lehrherrn nur die besten Noten mit auf den Weg.

Nach – wie ihm schien – langer Lehrzeit kam Primus zu der Überzeugung, dass er nun genug, wenn auch längst noch nicht alles – oder zumindest alles Mögliche – gelernt habe, um sich beim Hohen Rat der Zauberer, in dem die Meister dieser Zunft versammelt waren, um Mitgliedschaft zu bewerben. Er schrieb seinen Lebenslauf, in dem er in aller Bescheidenheit sein Können nicht unter den Scheffel stellte, bat untertänigst – was ihm schwerfiel – um gütige, wohlwollende Prüfung und Aufnahme.

Um dem Hohen Rat einen kleinen Beweis seiner Meisterschaft mitzuliefern, besorgte er sich vom Hühnerhof seiner Wirtsleute einen prächtigen, bunten Hahn, den er natürlich bezahlte. Er zauberte ihm die stummeligen Flügel groß und breit und stark, so dass er im Unterschied zu seinen Artgenossen fliegen konnte.

Das war ein wenig unbedacht, denn der Hahn, stolz und eitel wie Hähne nun mal sind, erhob sich umgehend in die Lüfte. Er schwang sich in die Höhe wie ein Adler und stürzte sich dann fast senkrecht auf den Hühnerhof hinunter, um sich kurz vor dem Boden abzufangen und wieder in die Höhe zu schießen. Die Hennen stoben gackernd, mit den Flügeln um sich schlagend, auseinander.

Der Hahn genoss seinen Auftritt und Primus hatte Mühe, ihn zur Räson zu bringen. Er machte ihm mit finsterster Zauberermiene klar, dass er einen Auftrag zu erfüllen habe. Sollte er sich von Hühnerhöfen abhalten lassen, werde Primus ihm den bombastischen, bunt glänzenden Schwanz nicht nur kürzen sondern wegzaubern und mit dem Fliegen sei es dann natürlich auch wieder vorbei. So eingeschüchtert, schickte er den Hahn – statt der üblichen Brieftaube – mit seinem Gesuch zum Zauberer Rotbart, der seit hunderten von Jahren Präsident des erlauchten Hohen Rates war.

Kegeleien

Eines Abends kam Primus nach langer Wanderung in ein Wirtshaus. Dort erwartete ihn sein fliegender Bote mit der Antwort auf sein Begehr.

Zauberer Rotbart teilte ihm mit, dass der Hohe Rat bei seinem diesjährigen Treffen beschlossen habe, ihm eine Aufgabe zu stellen, bevor er Primus zu Meisterehren kommen ließ. Er solle das nicht als Prüfung ansehen und nicht persönlich nehmen; jede Art von Machtdemonstration oder gar Schikane läge den Meisterzauberern fern.

Sie wünschten sich von Primus eine Art Gefälligkeit und zwar ausnahmsweise für den Hohen Rat selbst. Er möge Ihnen ein unterhaltsames Spiel, das allen Spaß machen sollte, schenken. Jedes Teil des Spiels müsste eine eigene, möglichst originelle Geschichte haben. Sollte er, was sie nicht unterstellen mochten, zum Beispiel an ein profanes Kartenspiel denken, so erwarteten sie, dass jede einzelne Karte etwas Besonderes erzählen könnte. Primus nahm diese Auflage natürlich persönlich und war gebührend verärgert, beleidigt. Selbstverständlich hatte er erwartet, dass sie seine Meisterschaft ohne weiteres anerkannten und ihn, den vermutlich unübertreffbaren Zauberer ohne Wenn und Aber in den Rat aufnähmen.

Um sich abzulenken oder sich seinerseits zu vergnügen, ging er in den Saal des Wirtshauses. Da spielten die merkwürdigen Menschen mit einer Kugel und Kegeln genannten Hölzern, die wie kleine Kerle aussahen, allerdings ohne Arme und Beine aber mit Kopf und Hals und bauchigem Körper. Das Spiel fand er lustig. Das Dröhnen der Kugel, wenn sie über die Bahn rollte, das Gepolter der Kegel, wenn sie getroffen wurden und umfielen – das amüsierte ihn.

Da er aussah wie ein Mensch, forderten ihn die Spieler auf mitzumachen. Das war nicht so einfach wie er gedacht hatte. Ein ums andere Mal landete die von ihm geworfene Kugel in der Rinne rechts oder links neben der Bahn, was die Menschen so freute, dass sie klatschten und lachten und sich prustend auf die Schenkel schlugen. Die reine Schadenfreude, wie sich herausstellte, denn jeder ‚Pudel[29]‘ kostete ihn einen Humpen Bier für jeden der Spieler und ein Glas Most für den Balljungen, der am Ende der Bahn die Kegel nach jedem erfolgreichen Wurf wieder aufstellen musste.

Nun war Geld kein Problem, den Geldbeschaffungszauber hatte er als eine der einfachsten Übungen ziemlich am Anfang seiner Karriere, quasi nebenbei und wie im Schlaf gelernt. Dennoch, dass die Menschen erfolgreicher waren als er, ärgerte ihn. Und so beschloss er, die Kugel, eine ordinäre Holzkugel, zu verzaubern[30]. So nach und nach warf er jedes Mal ‚alle Neune‘ und dieser oder jeder Mensch, insbesondere der lauteste, dickste, schadenfrohste, warf immer häufiger einen ‚Pudel‘.

Mit der Menge der Humpen, die er nun auf Kosten der Menschen trank, wurde er leichtsinniger, strapazierte er sein Glück über. Bei

---

[29] Fehlwurf
[30] Nach heutigem Sprachgebrauch: Zu manipulieren.

den Menschen keimte der Verdacht, dass das nicht mit rechten Dingen zugehe. Als es ihnen zu arg wurde, sie nur noch ‚Pudel' warfen, packte der Dicke Primus beim Kragen und setzte ihn vor die Türe. Vom Alkohol waren ihm alle Zaubersprüche derart eingeweicht, dass er sie nicht mehr erinnerte und sich nicht wehren konnte.

Am Ende des Regenbogens

Da stand er im Morgengrauen vor dem Wirtshaus, hatte einen dicken Kopf und wurde nass bis auf die Haut, denn es regnete in Strömen. Als der Regen endlich aufhörte, gelang es ihm erst nach einigen vergeblichen Versuchen, sich trockne Kleider anzuzaubern. Wie er so ziellos durch die Landschaft mehr stolperte als ging, stieg hinter ihm die Sonne auf, vertrieb die Wolken und blühte rot über den Feldern und Wiesen in den neuen Tag hinein. Mit ihrem Steigen malte sie immer deutlicher, immer strahlender einen Regenbogen in den Himmel.

Der leuchtete bald in den sieben Farben des Lichtes, in Rot, Orange, Gelb, Grün, Hellblau, Indigo und Violett.

Der Bogen war so vollkommen, so wunderschön, dass Primus andächtig schauend stehen blieb, um ihn zu bewundern. Da fiel ihm die Geschichte von dem mit Gold gefüllten Topf am Ende des Regenbogens[31] ein und er beschloss, mal nachzusehen, ob sie stimmte.

Mit einem Zauberspruch – er war wieder klar im Kopf – lieh er sich von einem befreundeten Kollegen die weltweit bekannten Sieben-Meilen-Stiefel aus und marschierte mit ein paar Schritten zum Ende des Regenbogens. Und da, wo der Bogen die Wiese berührte, stand im hohen Gras ein Topf, voll mit Goldstücken.

,Guten Morgen und Glückwunsch, denn ich bin Dein. Wer mich am Ende des Regenbogens findet, darf mich behalten, so ist es versprochen.' Warum eigentlich nicht, dachte Primus

---

[31] Den hat dort ein irisches Feenwesen mit unaussprechlichem Namen (Wikipedia: „Leprechaun"), ein grün gekleidetes Männlein mit rotem Bart, einem glücklichen Finder zum Geschenk gemacht.

und beantwortete sich beim Versuch, den Goldtopf anzuheben, die Frage gleich selbst: Der ist ja viel zu schwer!

Primus überlegte: Ich könnte ihm die Schwere wegzaubern – ob das aber dem Gold bekommt? Besser wäre wohl ein Fliegender Teppich. Da kam ihm eine andere Idee, die Idee schlechthin, wie er fand: Der Hohe Rat will unterhalten sein, wünscht sich ein kurzweiliges Spiel von mir. Warum nicht ein Kegelspiel? So etwas kennen die Hohen Herren bestimmt noch nicht. So zauberte sich Primus seinen ersten Kegel. Und weil ihm der Regenbogen so gut gefallen hatte, gab er dem Kegel die Farbe Rot.

Der zweite Kegel, der Orangene, war im richtigen Leben vor seiner Verwandlung ein besonderes Exemplar der Sorte Mensch gewesen und deshalb waren die Umstände seiner Bekanntschaft mit Primus besondere. Die zu erläutern, bedarf eines kleinen Umweges in der Geschichte.

Primus wird verhaftet

In einem Gasthof zahlte Primus Primissimus, weil er an was anderes dachte oder einfach unaufmerksam war oder versehentlich falsch gezaubert hatte, mit einer englischen Einpfundnote. Der Wirt stimmte wütend ein Gezeter und Geschrei an: ‚Was soll ich damit? Du Zechpreller, dir will ich es zeigen! Lauf‘, schrie er den Knecht an. „Lauf und hol einen Gendarmen.‘ ‚Lieber Mann, entschuldigt. Das ist ein Versehen. Was muss ich zahlen?‘ ‚Er will mich um acht Kreuzer[32] prellen, der hohe Herr, ein Schwindler und Betrüger ist er!‘ ‚Dann behalte das Pfund, es ist ein Vielfaches wert.‘ ‚Das lumpige Stück Papier?‘, kläffte der Wirt, ein von Natur aus dummer Mensch, der als sein bester Gast sein bisschen Verstand mit Alkohol vernebelt hatte. ‚Lass es gut sein. Ich gebe Dir acht Batzen statt der acht Kreuzer!‘

---

[32] Wikipedia: In den meisten Währungssystemen der süddeutschen Region galt: 8 Heller = 4 Pfennige = 1 Kreuzer und 4 Kreuzer = 1 Batzen. In den süddeutschen Staaten mit Guldenwährung ergaben bis 1872 60 Kreuzer einen Gulden.

‚Nein, nein! So kommst du mir nicht davon. Ich habe dich erwischt, du Betrüger! Das musst du büßen!'"

„Die Geldzauberei", unterbrach Stephanie die Kugel: „Scheint verzwickt zu sein. Uns ist es ähnlich ergangen wie Primus Primissimus. Wir wollten mit Yuan statt mit Euro bezahlen und landeten ebenfalls bei der Polizei!" Die Kugel überhörte die unhöfliche Unterbrechung und fuhr fort:

„Primus dachte kurz daran, sich unsichtbar zu machen und so zu verschwinden, wollte aber dem dummen Wirt auf diese Weise nicht doch noch Recht geben. So warteten sie auf den Hüter des Gesetzes, beide ergrimmt, jeder über den anderen. Der Gendarm versuchte, als er endlich kam, dem Wirt den Wert der Pfundnote zu vermitteln oder das gute Geschäft, statt acht Kreuzern, acht Batzen zu erhalten, schmackhaft zu machen – vergebens. Der dumme Kerl beharrte auf seiner Anzeige und so nahm dann der Gendarm den Zauberer mit zur Wache.

Als sie unterwegs durch den Stadtpark kamen, juckte es Primus in den Fingern, den Gendarmen in einen Bullen zu verwandeln und auf die satte grüne Wiese zu zaubern. Nun ja, Primus leistete sich mitunter etwas grobschlächtige Gedanken. Er nahm Abstand von der Idee, denn inzwischen war er gespannt, was ihm zustoßen werde. Sollte es zu bunt kommen, könnte er sich ja immer noch wegzaubern.

Bei der Wache angekommen, machte der Gendarm erst einmal Brotzeit und sperrte Primus in eine Zelle. In der saß bereits der orangene Kegel, das heißt, noch war er Mensch. Dieser Mensch erzählte Primus eine Geschichte, dass der Baron von Münchhausen vor Neid erblasst wäre. Die Geschichte seiner Verhaftung war so hanebüchen, dass Primus, der ja als Zauberer einiges an Unglaublichem gewöhnt war, erst vor Staunen, dann vor Lachen überquoll. Kurzerhand verzauberte er ihn in seinen zweiten Kegel, getreu dem Regenbogen in einen orangenen, befahl dem Schloss der Zelle sich zu öffnen, versetzte den Gendarmen in Tiefschlaf und verließ wohlgemut die Wache.

Zum dritten Kegel, dem gelben, kam Primus, weil ihn ein Hilferuf erreichte. Einer namenlosen Prinzessin drohe in weiter Ferne der Tod. Primus fand, die Welt solle nicht auf sie verzichten müssen, und zauberte sich in Lichtgeschwindigkeit in den Himalaya. Er fand die sterbende Prinzessin vor dem toten Drachen, verzauberte sie in den gelben Kegel, um ihr eine Ruhezeit zu gönnen und sich einen weiteren Kegel zu bescheren.

Von dort hatte er sich eigentlich zurück nach Europa zaubern wollen. Er fand sich aber im Nirgendwo von Australien wieder. War er unkonzentriert gewesen? Hatte er sich beim Zaubern verhaspelt? Schon wieder? War er Opfer einer Zauberspruchstörung?

Am Horizont sah er die Silhouette eines seltsamen Gebirges. Die Berge waren oben platt wie Türme, nicht wie gewohnt spitz, gezackt oder rundlich. Ihre Hänge fielen senkrecht ab. Sie sahen aus wie Bauklötze. Der Ayers Rock [33] war das bestimmt nicht. Neugierig zauberte er sich hin. Er kam in eine vom Zerfall gezeichnete Stadt mit fensterlosen Häusern, die zum Teil bis an die Wolken stießen. Hier erlöste er, wie schon bekannt, den Mäusekönig, Caesar Alexander den Ersten, von seinem Bauchweh. Der wurde der blaue Kegel.

Zurückgekehrt nach Europa, trat er bei einem Spaziergang in einen frischen Maulwurfshügel, verletzte den darunter grabenden Maulwurf am Kopf, verstauchte sich den Fuß und hatte seinen fünften, den hellblauen Kegel. Der sei

---

[33] Wikipedia: Der Uluṟu [uluɹu], auch Ayers Rock, ist ein Inselberg in der zentralaustralischen Wüste, der sich ca. 350 m über sein Umland erhebt.

froh gewesen, nicht länger bei ekeliger Kost in der Erde wühlen zu müssen.

Die Geschichten vom Indigofarbenen, von Schlappelino und seiner Violina, und vom Violetten, von Florie – Florence und ihrem Spatzen, sind bekannt.

Primus hatte nun sieben Kegel in den Farben des Regenbogens. Für die beiden Übrigen muss ich mir etwas einfallen lassen, dachte er und hatte auch gleich eine Lösung: Ich könnte mir einen schwarzen Kegel, einen ohne Farbe, und einen weißen, einen mit allen Farben zusammen, gut vorstellen.

Im Vertrauen darauf, dass sich schon etwas finden werde, machte er sich auf den Weg zum Hohen Rat. Unterwegs traf er einen Kollegen mit dem gleichen Ziel. Um sich die Zeit zu vertreiben, beschlossen sie, ihre Zauberkräfte zu messen. Der Verlierer sollte dem Gewinner für die Zeit bis Neumond als Diener dienen. Primus gewann und verzauberte den Kollegen im Handumdrehen in einen schwarzen Kegel.

Wie er dann zu dem Weißen kam, daran konnte er sich beim besten Willen nie erinnern. Vielleicht ... vielleicht hatte der Schwarze seine Erinnerung weggezaubert? Oder hatte der Schwarze einfach Gesellschaft haben wollen und sich selbst einen Leidensgefährten besorgt?

Der Hohe Rat

Als nun Primus alle Neune zusammen hatte, ließ er sich noch eine hölzerne Kegelkugel schreinern und begab sich zum Treffen des Hohen Rates der Meisterzauberer. Denen zauberte er eine Kegelbahn. Dann erklärte er ihnen die Spielregeln und los ging es.

Der Hohe Rat der Zauberer fand Gefallen an dem Spiel. Jedes Ratsmitglied amüsierte sich mehr als es sich zugetraut oder seine Würde es eigentlich zugelassen hätte. Zum Dank verliehen der Rat Primus den Titel ‚Magnifizenz[34]‘ und wählten ihn mit großer Mehrheit bei nur einer Gegenstimme zum neuen Präsidenten des Rates.

Der so rücksichtslos abgesetzte Zauberer Rotbart war empört, stimmte gegen Primus und eh man sich's versah, sprach er einen Zauberspruch über die Kegel: ‚Ihr sollt auf ewige Zeiten nie mehr etwas anderes als Kegel sein.‘ Primus konnte, wie uns seit Dornröschen bekannt ist, den Zauber des Rotbarts nicht für null und nichtig erklären, er konnte ihn nur abmildern: ‚Eines Tages werdet ihr erlöst sein!‘ ‚Aber nur zu meinen Bedingungen!‘, konterte der Rotbart und murmelte etwas von ‚alle Neune‘ und ‚Primus muss rollen‘.

Nun, ‚alle Neune‘, das werden die Kegel sein, dachte Primus. Aber sein ihm angezaubertes ‚Rollen‘ blieb ihm gänzlich unbegreiflich. Was meinte Rotbart damit? Der hüllte sich beleidigt

---

[34] Magnifizenz (lat.) ist eine an Universitäten nicht mehr ganz übliche aber durchaus noch gebräuchliche Anredeform für den Rektor, den Zauberern diente sie als Titel für ‚Großartiger, Erhabener‘.

in Schweigen und in seinen Mantel und ging von dannen und ward nie wieder im Hohen Rat gesehen.

Der Hohe Rat veranstaltete von nun an bei seinen jährlichen Treffen ein Kegelturnier. Damit hatte Primus nicht gerechnet. Er hatte gedacht, dass die Hohen Herren schon beim ersten Treffen vom Kegeln genug bekämen. Und so wurde er doppelt wortbrüchig gegenüber den verzauberten Kegeln. Ihr Kegeldasein dauerte nicht ein paar Monate, wie versprochen, auch nicht nur die Jahre, die der Hohe Rat zu kegeln gedachte, sondern nach dem Fluch des Rotbarts unbestimmt lange. Primus konnte sich damit etwas trösten, dass Kegel kaum altern und dass den Verzauberten auch das nicht auf ihre Lebenszeit angerechnet werden würde.

Der Hohe Rat ergötzte sich nicht nur am Kegeln, sondern auch an den Geschichten der Kegel. Ihn verstimmte allerdings, dass weder der Schwarze – die Niederlage gegen Primus war ihm derart peinlich, dass es beharrlich schwieg – noch der Weiße und schon gar nicht die schlichte Holzkugel etwas zu erzählen hatten. Außerdem verloren sie bald die Lust am Spiel, weil es keinem der Meisterzauberer gestattet war, einen Kegel oder gar die Kugel, einen Wurf oder einen Treffer irgendwie, und sei es noch so heimlich, magisch zu beeinflussen.

Da passte einer auf den anderen auf. Keiner gönnte dem anderen die geringste Chance, sein Zaubertalent zu beweisen und seinen Punktestand beim Turnier zu verbessern.

Im dritten Jahr konnte Primus seine Kegel einpacken. Die Hohen Herren hatten sich bei einem Besuch in Alices Wunderland[35] von der tyrannischen Roten Königin überreden lassen, in Zukunft statt plebejisch zu kegeln, vornehm zu golfen.

---

[35] Wikipedia: Alice im Wunderland (ursprünglich *Alices Abenteuer im Wunderland*; englischer Originaltitel *Alice's Adventures in Wonderland*) ist ein erstmals 1865 erschienenes Kinderbuch des britischen Schriftstellers Lewis Carroll.

Im Kegelkeller

Da saß Primus Primissimus nun zuhause in seinem eigenen Kegelkeller. Das Kegeln machte ihm aber keinen Spaß mehr. Im Gegenteil, ihn betrübten die Kegel, weil er seine Versprechen nicht einlösen konnte. Mit dem Bann des Rotbartes belegt, prallte jeder Zauber von ihnen ab.

Das bekümmerte und bedrückte Primus und er beschloss, sie auf anderen Wegen als durch Zauberkraft wenigstens in ihre jeweilige Heimat zurück bringen zu lassen. Er hoffte, dass ihnen dort besser geholfen werden konnte als hier im Kegelkeller seines Waldschlosses.

Der Rote allerdings wollte nicht wieder ans Ende des Regenbogens und blieb lieber im Keller. Der Weiße war nicht zu finden. Vielleicht hatte ihn der Schwarze mitgenommen, der von allein längst abgezogen war.

Primus erwacht

So viel zu den alten Zeiten. Hier kann ich als Kugel, als Zauberer Primus Primissimus, die Geschichte wieder übernehmen. Ich hatte mich weder in Luft aufgelöst, noch war ich gestorben. Ich hatte mich eingekugelt und hatte wie tot unter meinem Zaubermantel gelegen.

Als der Fuchs das Weite gesucht hatte, rollte ich von ganz allein zur Kellertüre, die Stufen hinunter und gesellte mich zum Roten. Der Rote und ich dämmerten eine schier endlose Zeit in dem düsteren Keller bis der Wanderbursche uns entdeckte. Das erste „Klicke di Klack" verhalf nicht nur dem Gesellen zu seinem Traumurlaub auf Capri, sondern weckte auch mich in der Kugel.

Wie ich langsam, ganz langsam zu mir kam, fiel mir als erstes der Spruch zum „Klicke di Klack" ein:

Klick macht die Kugel!
Di ist die Kraft!
Klack kommt vom Kegel
und schon ist's geschafft!

Als zweites erinnerte ich mich so nach und nach an meine Lehr- und Wanderjahre, meine Zeit als Präsident des Hohen Rates und natürlich auch an meine Kegel. Seit dem ersten „Klicke di Klack" ahnte ich, was der Rotbart mit dem gemurmelten Spruch ‚Primus muss rollen' gemeint haben mochte. Nur im „Klicke di Klack", wenn ich als Kugel auf einen Kegel treffe, ist die Kraft, die des Rotbarts Fluch brechen kann.

Ich erkannte, dass es ein Fehler gewesen war, die Kegel in ihre jeweilige Heimat zurück bringen zu lassen. Sie konnten nur erlöst werden, wenn sie als Kegelspiel vollständig beisammen waren, das glaubte ich mit ziemlicher Gewissheit. Und so versuchte ich, die in der Welt verstreuten Kegel zu finden. Dazu brauchte ich die Zeit, die bis zum „Klicke di Klack" von Stephan und Stephanie verging.

So endet meine Geschichte und wie es weiter gehen soll, weiß ich nicht."

Alle Neune

Das wussten Stephanie und Stephan auch nicht. Um irgendetwas zu tun, um in ihrer Ratlosigkeit nicht traurig zu werden, stellten sie die Kegel in den Farben des Regenbogens auf: Rot, Orange, Gelb, Grün, Hellblau, Indigo und Violett. Den Roten neben den Orangenen, dann den Gelben, den Grünen, den Hellblauen, den Indigofarbenen und den Violetten. Sie rahmten sie ein mit dem Schwarzen an einer und dem Weißen an der anderen Seite. Stephanie und Stephan traten zurück, um das Bild zu betrachten.

Da rollte die Kugel Stephan vor die Füße. Wer hatte sie aus der Reisetasche gehoben? Er nicht und Stephanie auch nicht. Da lag sie. Wie selbstverständlich hob er sie hoch, beugte sich – die Kugel in der rechten Hand – vor, machte zwei Schritte und rollte sie zum Regenbogen.

Wie sie auf den Grünen traf, dachte Stephanie mit einem Anflug von Heimweh: „Was wohl die Eltern machen? Ob sie uns vermissen? Ob sie uns suchen? Ach, ich hätte gute Lust, sie wiederzusehen!" Der Grüne fiel und rechts und links fielen die anderen, alle Neune! Sie fielen mit „Klicke di Klack" und „Klacke die Kli" und „Klacke di Klick-Klack" – ein „Klicke di Klack"-Konzert.

Als das letzte „Klicke di Klack" verklungen war, waren sie wieder die, die sie mal gewesen waren oder die, die sie sich gewünscht hatten zu sein. Nur einer verwandelten sich nicht. Der Weiße, Stephanies Elfenbeinfarbener blieb Kegel. Vielleicht ... vielleicht war er ja nichts anderes als ein Kegel. Vielleicht ... vielleicht ein besonderer Kegel, einer aus echtem Elfenbein[36]. Und vielleicht ... vielleicht genügte ihm das.

Vielleicht ... vielleicht findet ein Hans im Glück demnächst einen Topf voll Gold am Ende des Regenbogens. Vielleicht ... vielleicht heiratet eine Prinzessin einen Prinzen, dessen Liebe echt und dessen Herz groß genug ist. Vielleicht ... vielleicht kommt Zaubern wieder in Mode

---

[36] Er stammte natürlich aus einer Zeit, in der Elefanten nur wegen ihrer Stoßzähne noch nicht vom Aussterben bedroht waren.

und seine Magnifizenz Primus Primissimus bekommt wieder etwas zu tun. Und die übrigen ‚vielleicht … vielleicht' kann sich jeder, der ein bisschen Fantasie hat, selbst ausmalen.

Stephanie und Stephan hatten nur den Auftakt des Konzertes, den Anfang der Ouvertüre, das erste „Klick" gehört und hörten jetzt die Rufe von Stephanies Eltern. Stephanie stürmte auf sie zu und fiel Mutter und Vater um den Hals als habe sie sie jahrelang nicht gesehen. Die Eltern waren etwas verwundert, konnten sich den Ausbruch so heftiger Liebe nicht erklären. „Kommt, das Picknick ist fertig!" Stephan und Stephanie quälten sich mit Mühe und langen Zähnen je eine Grillwurst hinein, sie waren noch bumsatt von McDonald's. Stephanies Eltern wunderten sich ein zweites Mal und blieben auf einigen Würstchen, einer Schüssel Kartoffelsalat und sogar auf den mitgebrachten Puddings sitzen.

Auf der Heimfahrt waren Stephanie und Stephan ungewohnt still, sie träumten von ihrer

Reise. Und als Stephan an den roten Kegel dachte, langte er in seine Hosentasche und fand das Goldstück, das ihm der Rote geschenkt hatte. Er stieß Stephanie an, legte seinen Zeigefinger auf seine Lippen, beugte sich zu ihr hinüber, öffnete seine Hand mit dem Goldstück darin und flüsterte ihr ins Ohr: „Davon lassen wir uns Ringe machen – Freundschaftsringe!"

Und wenn sie sie nicht verloren haben, tragen sie sie heute noch – als Eheringe.

Henning Hallwachs wurde 1943 in Österreich geboren. Nach diversen Schulbesuchen in Ost und West studierte er Psychologie. Schon als Kind machte er sich bei den Pflegegeschwistern seiner Gastfamilien, in denen er vorübergehend lebte, als Geschichtenerzähler beliebt. Zuhören und Erzählen waren seine Stärken, Lesen und Schreiben weniger; so wenig, dass er öfter schulisch an miserablen Deutschnoten zu scheitern drohte.

Heute lebt er verheiratet in Hamburg und schreibt so dit und dat, geht auf fantastische und reale Reisen. Und Lesen ist inzwischen eines seiner Hobbies.